안
의
시
선

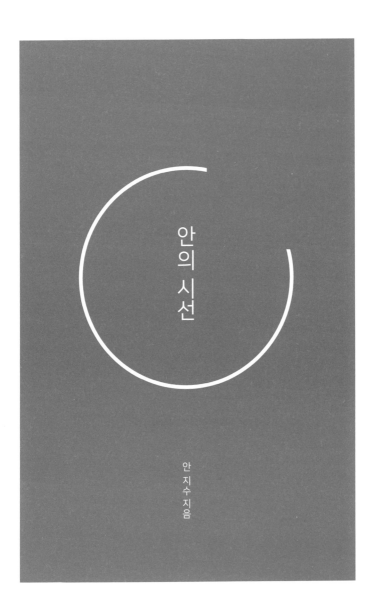

안의 시선

안
지
수
지
음

일공북

안의 시선

1판 1쇄 인쇄 ǀ 2020년 12월 15일
1판 1쇄 발행 ǀ 2020년 12월 21일

지 은 이 ǀ 안지수
펴 낸 이 ǀ 천봉재
펴 낸 곳 ǀ 일송북

주　　소 ǀ 서울시 성북구 성북로 4길 27-19(2층)
전　　화 ǀ 02-2299-1290~1
팩　　스 ǀ 02-2299-1292
이 메 일 ǀ minato3@hanmail.net
홈페이지 ǀ www.ilsongbook.com
등　　록 ǀ 1998.8.13(제 303-3030000251002006000049호)

ISBN 978-89-5732-273-4 (03800)
값 8,500원

십일 년 전 일이다. 그 사람에게 해 줄 수 있는 게 없었다. 고등학생이 된 난 돈이 없었으며 어쩌다 보니 시를 지어 선물하게 됐다. 시간이 흘러 방향은 내면을 향했다. 그 무렵부터 생각과 감정을 소재로 글을 썼다. 아울러 자면서 꾼 꿈을 공책에 옮겨 적어 나갔다.

쓰다 보니 꿈 내용을 기록한 게 삼백여섯 개 있다. 군 시절엔 수첩 열세 개, 이천이백 쪽에 오만 가지를 적었다. 이 외에도 '영수증 일기', '영화 일기', '주제별로 나눈 클립보드'들이 있다. 써 온 전부를 책에 담으려 하지는 않았다. 덜어내고 또 덜어냈다. 현실과 타협하지 않고 안 부끄러운 결과를 내놓기 위해'l.

따로 글쓰기를 배우지 않았고 누군가와 교류한 적도 없다. 대개 부정적일 때가 많은 느낌이 차오르면 어떻게든 토해 내야 했고, 내게는 그게 문장을 쓰는 행위였다.

무슨 재미로 사냐는 질문을 종종 듣는다. 운동, 연예인, 스포츠에 관심이 없고 텔레비전은 아예 안 본다. 게임은 가끔 하나만 하며 담배를 피우지 않는다. 주로 우울함을 곱씹다가 충분하다 싶으면 종이에 비워 낸다.

난 자주 내가 바라는 무엇으로 나를 채웠다. '기타 연주를 잘하고 싶다', '괜찮은 사람이 되고 싶다', '장르를 정해서 쓰고 싶다', '작사를 하고 싶다', '소설 하나쯤 발표하고 싶다' 이처럼 온갖 욕망을 끌어안고 나날을 어영부영 보냈다. 결국 게으르면서도 부지런히 글월을 쓰며 이룬 게 없는 셈이다.

여전히 무슨 낙으로 사는지 모른다. 사실 왜 살아야 하는지도 모른다. 그저 글과 관련한 목마름으로 스스로를 다그친다. 내 바람으로 메우던 자리에 있는 그대로의 나를 담으려 하며, '그래도 조금씩 나아지고 있지 않나' 낙관하기도 한다.

서서히 좋아지고 있다. 쓴 지 십이 년째. 출판은 정말 생각지도 못했다. 물심양면으로 도와주신 사람들 덕분에 여기까지 올 수 있었다.

늘 믿어 주고 지원해 주신 부모님, 오 년째 인연을 이어가고 있는 김용인 작가님, 언제나 따뜻한 말씀을 아낌없이 해 주시는 정경일 교수님, '작가가 되는 것이 아닌, 작가로 사는 것을 목표로 해라'라는 조언을 해 주신 이충무 교수님, 단 하나뿐인 소중한 친구 진안이, 서로서로 믿고 응원해 주는 예진이, 대학 생활을 버틸 때 큰 힘이 돼 주신 광원이 형 그리고 가장 좋아하는 목소리로 노래를 불러 주시는 정희경(Wanee Jung) 누나. 혼자 해내려 했다면 얼마 못 갔을 것이다. 다시금 모든 분께 고마운 마음을 전한다.

여러 날 내리던 비가 그친 늦여름에
스물여덟 살 안지수 쓰다

목차

안녕이라 말하며 안녕을 바라다

몽록[夢錄]: 꿈을 꾸다

셀 수 없이 많은 이별을 했고

수없이 많은 멀어짐을 당했다

울

울음을 터트린다.

아니, 웃는다.

하지만 그 끝은 슬프다.

눈물이 차오른다.

끝내 난 엎드린다.

주위가 소란스럽다.

끝내 조용해졌다.

조심스레 고개를 들어 올린다.

텅 비었다.

아무도 없는 적막한 공간에서

끝내 난 울음을 터트린다.

셀 수 없이 많은 이별을 했고
수없이 많은 멀어짐을 당했다.
다가오는 그들을 애써 막아 내려 했고,
막으려는 마음이
망설이는 자신이
어색해지는 표정이
나는 괴로웠다.

그들에겐 별것 아닌 일들이
내게는 커다란 장벽처럼 느껴졌으며
그들끼리 어울리는 모습을 바라볼 때면

말로는 형용할 수 없는 슬픔에 사로잡히곤 했다.

그들이 낸 작은 소음에도 화가 치밀어 올랐고
웃는 모습에 가슴 아파했다.

그런 모습을 바라보며
나도 저렇게 되고 싶다고 생각했고,
그러한 생각이 들어올 때면
나는 그럴 수 없다는 사실에 무너져 내리고 말았다.

만만하게 보이지 않으려고 무표정을 유지했으며
그들의 접근을 두려워하는 한편, 간절하게 바랐다.

그들이 나에게 오려고 하는 순간엔
심장이 미친 듯이 뛰어 댔고
눈물이 나오려 하기에 온 힘을 다해서 막았다.
초조한 마음에 두려운 마음에 다급한 마음에
반가운 마음에…….
내 표정은 그들의 단 한 마디 말로

무너져 내렸고
말투는 어느샌가 병신처럼 더듬어 대며
어눌해 있었다.

처음에는 '보통 사람'처럼 그들과 대화했으나
얼마 있어 '보통 사람'과 섞이는 일이
힘듦을 다시 깨달았다.

그로 인해 내 모든 것은
어색함으로 변질됐으며
잠깐의 기쁨이
또다시 두려움으로 뒤바뀌었다.

초등학생 이후로는 곁에 한두 사람밖에 안 남아 있고,
중학생 때에도 고등학생 때에도
받아들여야 할 숙명처럼 끊임없이 반복되고 있다.

그들이 다가온다.
그들이 말을 건다.

그들에게 대답한다.

그들에게 웃어 준다.

그들 역시 웃어 주고,

그렇게 난 기뻐진다.

어떠한 이유도 전혀 알지 못한 채,

그들은 곧 나에게서 관심을 거두어 간다.

그들의 말과

그들의 장난과

그들의 웃음과

그들의 행동이

날 떠나가 버리고,

그 빈 자리에는

오직 그들의 목적만이 덩그러니 남아 있었다.

내가 잊고 있는 동안에도.

웃고 있는 동안에도.

두려워하고 있는 그동안에도,

이러한 것들은 계속해서 반복된다.

겉으로는 나도 '그들'이 될 수 있지만
그 겉모습은 너무나도 쉽게
정체를 드러내게 되어,
그들이 나의 진실한 면을 보게 되는 순간
그것을 외면한 채로
또 다른 '그들'을 찾아 나서기 위해
나를 잊어버린다.

이와 같은 상황에서 난
막아서고 대항할 의지를 잃은 채로
멍하니 쳐다보며
단지 익숙해지기만을
바라고 또 바란다.

아마도 몇 년이 지난 뒤에도 변함없을 것이며
어쩌면 평생 반복될지도 모르겠다.

너의 말 너의 글 너의 표현 하나하나가

나에게는 너무나 민감하고 아릿하게 다가왔다.

스쳐 지나가는 너의 무엇 하나에도 난 가슴을 졸였고

어느새 너의, 나를 위한 시선이

무절제한 감정 표출 후의 나를 달래고 신경 써 주던 너의 말들이,

내 마음속 깊은 곳으로부터 모순된 거부감을 일으켰다.

정상인 너와 그렇지 않은 나.

따뜻함을 건네는 너와 그것을 왜곡해 인식하는 나.

나 / 나 / 나 / 나 / 나 /

먼저 말을 건 것도 요구한 것도.

실수한 것도. 사과한 것도.

상처 준 것도. 깊이 관여한 것도.

너이기보다는 나, 항상 너보다는 나.

달래려 해도 화만 나게 하는 나.

이별을 불러일으킬 것 같은 나.

그런 날 버려두고 떠나가고 잊어버릴 너.

모조리 고치면 난 달라질까.

불안감과 두려움과 너에 대한 내 아픔을

깨끗이 지워 내어 살아갈 수 있을까.

몇 번이고 말하지만

너에겐 아무런 잘못이 없다.

너는 정상이고 내가 그렇지 못할 뿐이다.

변할 거다. 노력할 거다.

나를 위해.

나를 위하는 너를 위해.

24

그리고 안정감이 깃들어 있는

우리 둘 사이의 모든 것을 위해.

얼마나 더 너를 힘들게 할지는 모르겠지만.....

줄여 가려 애쓰고

반복하지 않으려 신경 쓰며,

우리의 인연이 끊어지지 않도록 노력할 것이다.

결코 쉬운 일이 아니라고 할지라도.

다시 한번 이 자리를 빌려서

너에 대한 나의 모든 게 미안하다고 말하고 싶다.

진심을 전부 담을 수는 없지만,

겉도는 생각을 네가 알아 줄 거라 믿으면서

이만 줄인다.

안녕.

시시때때로 변하는 내 마음이기에

'멀어짐'에 관한 언급을 크게 신경 쓰지 않기를 바란다.

우울해하는 게 지겹고.

우울하게 되는 것이 지겹고.

우울한 기분이 되는 게 지겹다.

우울한 글을 쓰는 게 지겹고.

우울한 생각을 하는 것이 지겹다.

우울한 마음 상태가 지겹고.

우울한 마음 상태를 표정으로 드러내는 것이 지겹다.

우울함에 사람들이 접근하지 않는 것이 지겹고.

우울함에 사람들이 멀어지는 것이 지겹다.

우울한 것 자체가 너무나도 지겨운데

결국엔 우울함으로 돌아오고 마는 나 자신이 지겹다.

습관으로 인한 공허함

듣는 사람이 누구든, 그에게 얘기하는 내용은 같다. 과거의 내가 어떠했으며 최근의 나는 어땠다. 내 방식은 이러하고 난 이것을 바꾸고 싶지 않다. 달라지는 게 있다고 하면, 경험의 차이 정도. 인간관계 때문에 힘들다고 티를 내는 것은 한결같다. 나에게 어떤 조언을 해 줘도 거부한다. 받아들일 여지는 조금도 남겨 두지 않는다. 한 귀로 흘려보내며 푸념을 늘어놓는다. 어쩌면 '그런 말'을 하는 상황과 상대방의 반응을 즐기는지도 모른다. 그것은 관심일 수 있고 나를 위한 노력일 수 있고 일종의 희열일 수도 있다.

같은 말을 하면 같은 생각을 하게 된다. 같은 분위기에 빠져들고 감정도 물들여진다. 그리고 심취한다. 들어 주는 이는 중요하지 않다. 반복하고 있는 내 모습만이 의미 있을 뿐이다. 다른 사고를 할 수 없으면 변할 수 없다. 난 습관처럼 말을 내뱉고 그 기분 상태에 빠져들곤 한다. 빛이 바랜 진심은 가치와 깊이를 잃어버렸기에 그런 말을 할 때면 공허함마저 느껴진다. 텅 비어 버린 듯한⋯⋯.

영혼 없이 하는 말들은 허공에 맴돌며 결국에는 내 혼을 피폐하게 만든다.

살다 보면…….

살다 보면 공허함과 견뎌낸 시간이 글로 승화되고는 한다.

지나치게 많고 깊이 하는 생각과 나날이 피곤한 삶.

문장으로 옮겨지는 기쁨 때문에 차마 외면할 수 없다.

'죽을까' 하는 무책임한 심정에도 하루하루는 잘만 굴러간다.

되레 이마저 흐름에 녹아들어 일부가 된 듯하다.

'공허하다는 것에 대한 산발적인 생각들'이라고 메모해 둔 게 있다.

인생 전반을 아우르는 구심점. 오랜 시간을 버텨낸 후에야 실마리를
잡았다.

하지만 제목 말고는 아무것도 못 적었다. 세월이 더 필요한 탓이다.

얼마나 시달려야 문단 하나라도 작성하게 될까.

아득하다. 버겁다. 속이 울렁인다.

따위의 말밖에 떠오르지 않는다.

그렇지만 예정된 운명처럼,

언젠가 완성하리란 믿음이 내 안에 내재해 있다.

오래전에 '작가가 되는 것이 아닌, 작가로 사는 것을 목표로 해라'

라는 조언을 들었다.

이는 내가 바라는 바와 같으며, 지나온 길도 여기에 해당한다고 믿

는다.

진지함과 많은 잡념, 불안정함, 예민함 따위의 요소들.

다 작가로 살기 위한 내 고집일까 아니면 한낱 아집일까.

전부 끌어안고 사는 것은 힘겹다.

그렇다면 붙잡을 가치가 있을까.

놓아 버린다면 무엇이 남으려나. 텅 비게 되진 않을까.

충동이 치밀어 오르는 순간에도 저버릴 수 없다.

그 때문에 '평생 이렇게 절절맬 바에는 죽는 게 나으려나' 하며

빈 시간을 채워도, 비워지지 않는 탓에 난 변함없이 그대로이다.

마침표를 찍자 공백이 생겼다. 끼어든 잡생각이 몰입을 방해한다.

늘 진지한 사람이 한창 진지할 때쓴, 그럼 진기한 그. 피른하나.

셀 수 없이 많은 이별을 했고 수없이 많은 멀어짐을 당했다

미정(未定)

닫힌 채로 초등학생 때부터 고등학생 때까지.
마음의 문을 걸어 잠근 난,
비뚤어진 성격에 내향성이 더해져
달갑지 않은 학창 시절 기억을 갖게 됐다.

말수가 적어진 건 학교뿐만 아니라
집에서도 열두 살부터 쭉 이어진다.
사춘기라는 핑계를 꼬리표로 달아 두고서.

이런 탓에 스물네 살인 현재
돌아보면 삶 전체에 우울함이 깔렸지 싶다.

그 이유엔 많은 게 있겠지만, 인간관계에 초점을 맞춰 보면
반복되는 만남과 헤어짐이 가장 큰 비중을 차지한다.

요즘보다 어딘가에 섞여 들기 힘들었던 시간.
그렇기에 간간이 찾아오는 인연에 얽매였고
곁에 있는 한둘에게 의지했다.
자연스레 상대방을 위해 헌신했으며
난 원래 챙겨 주고 선물하는 걸 좋아해.
하는 변명 아래에 노력, 돈, 진심,
사랑받고픈 욕심 등을 묻어 뒀다.
사실 외로움을 감추기 위한 이기심도 포함돼 있었다.

부담을 느낀 그들은 곁에 있지 않다.
이번에는 아니겠지. 오래가겠지.
이같이 간절한 바람들은 반복을 거듭해
내 인간관계의 중심축이 됐다.
불안정한 밑바탕이 되어
날 시시때때로 흔드는 움직임이 된 채로.

이와 함께 지우지 못하는 물음이 있다.

안 떠날 거냐고. 실수해도 버리지 않을 거냐고.

늘 불안함에 떨며 이따금 되새기곤 한다.

또 하나 털어놓지 못하는 말이 떠오른다.

나는 네게 가장 특별한 사람이 되고 싶다는...

전할 수 없는 현실에 대한 반발처럼

노골적인 생각은 사그라들 기미가 보이지 않는다.

그 때문에 홀로 파묻혀 전전긍긍하고 있으면

스스로를 비참하게 여긴다.

툭 던지는 무심함에 한참 휘둘릴 때면 더더욱.

이렇듯 쉼 없이 흔들리는 내게

사람들은 종종 착하다고 말해 준다.

상처를 받는 것과 주는 것

그리고 누군가가 아파하는 것도 못 견디는 내가,

어째서인지 그런 얘기를 듣는다.

단지 내면이 강하지 못할 뿐인데…….

이제는 그만 힘들었으면.

정을 주는 이들이 떠날까 봐 걱정하는 일도.

낮은 자존감이 빚어낸 생각도.

다 도려내 버렸으면 좋겠다.

셀 수 없이 많은 이별을 했고 수없이 많은 멀어짐을 당했다

내 인생이 다큐멘터리이기는 해도
'인간극장'은 아닌 줄 알았는데….

이 시간은 감당하기 버거운 짐으로서 다가온다.
하필 술 마시고 자다 깨어난 게 이때인 걸까.

살아가는 방식에 문제가 있음을 직감한다.
존재 가치가 떨어졌다고 느끼는 데는 잠깐이다.
특별해지고 싶다는 바람은 나를 구렁텅이로 밀어 넣고
지난날을 통째로 부정하는 듯하다.
아마 다른 이들에게 초점을 맞췄기 때문이겠지.

끌어안고 가야만 하는 우울함이 머릿속을 짓누른다.

나는 왜 살까. 나는 왜 살까 나는 에 살끼.

그러게. 나는 왜 살까. 사람과 사람 사이의 관계가

대체 뭐라고 마음을 헤집는지 모르겠다.

너에게 난 무엇인가.

이런 고민 자체가 자격이 없음을 방증하는 것이려나.

잡생각을 접고 잠자리에 드는 게 상책이지만,

지금 상황은 오로지 긴긴밤에 시달리기를 강요한다.

이대로 살아도 괜찮을까. 아니면 살지 말까.

다큐이기는 해도 '인간극장'까지는 아니라고 믿었는데,

아닌 게 아닐 수도 있다는 생각이 문득 든다.

너무나 긴 밤. 필요 이상으로 남아 있는 새벽 시간.

생에 서린 설익은 설움에 설핏 깃들었던 웃음도 아스러지고.

라고 썼던 글이 자꾸 떠오르는 시점이다.

서려 있는 서러움이 설핏 깃들었던 반가움을 부스러트린다.

한데 그럼에도 미워하고 싶지 않으면 어떡하나.

사람이 사람을 좋아하는 건 어쩔 수 없는 건가.

상념이 반복과 번복을 거듭하며 아픈 머리를 정리해 줬다.

한 시간쯤 끼적였다. 의도치 않게 하루를 일찍 시작한다.

흔한 생각

우울하든 우울하지 않든. 낮이든 밤이든.
'저녁 뭐 먹지'라는 흔한 고민처럼
죽었으면 좋겠다고 자주 떠올린다.
작사, 자비 출판, 연애 따위의 미련 거리.
전부 어찌 되든 상관없으니.

잠든 그대로 죽었으면 좋겠다.
차에 탄 상태로 사고가 나서 죽었으면 좋겠다.
그냥저냥 생활하다가도 문득
어떤 식으로 죽으면 괜찮겠다. 혹은 어떨까.
이와 같은 생각을 약간의 기대와 함께 하곤 한다.

무엇이 나를 붙들고 있을까.

가족.

곁에 있는 누구도, 가슴 떨리는 꿈도 아닌.

때때로 죄다 놓은 채로 날 텅 비우고 싶다.

하는 요동에 절절매곤 하지만

한결같이 가족은 예외였다.

사지로 모는 충동에 힘겨워하던 중에도.

이 마지막 막이 허물어진다면,

제어할 무언가가 사라졌으므로

작은 흔들림에 대책 없이 휩쓸려 버릴지 모를 일이다.

이번에는 아니겠지. 이번에는 아니겠지.

이번만큼은 정말 아니겠지.

지겹도록 쓴 글. 한 말. 했던 생각.

그런 과정을 지나고 난 이때.

정을 주고 있는 모임이나 대상이

지금까지의 그들과 똑같을지 모른다.

라고 느끼는 순간 모조리 등지고 싶어졌다.

본디 나 어느 한 집단 내지 누군가이

인연이 오래갈 수 없는 사람일까.

이제는 이런 구절을 쓰려고만 해도 진이 빠진다.

때로는 깡그리 헛되어서 감당하기 버겁다.

지금 맺고 있는 인간관계를 다 끊고 싶기도.

억제할 아무것도 없는 상황을 그리기도.

불안도 스트레스도 남아 있지 않기를 바라기도 한다.

시들지 않고 깊어지기만 할 것 같은데.

우중충한 테두리를 벗어나는 건 불가능할까.

나아지면 나아질수록 놔 버리려는 욕구가 극단으로 치닫는다.

울음기

울음기가 목구멍까지 차오른다.

숨을 삼키자

묵직한 느낌으로 가슴 위에 얹힌다.

감정을 건드리는 무언가도

울어 보고 싶다는 생각도

눈가에 도달하자 한없이 무력해진다.

애써 올린 입가가 무색해진다.

상반된 기운을 담고 있는 눈에는 거짓이 없다.

그 진실함에 입꼬리는 힘을 잃고 축 늘어진다.

인위적인 웃음은 하릴없이 무너져 내릴 따름이다.

억눌러 온 시간이 되레 나를 억누르고

비워지지 않는 눈물이 눈의 무게를 더한다.

고인 울음은 썩어 문드러져 내 삶을 갉아 내며

지속되는 흐름 속에 서서히 난 병들어 간다.

1.

나는 많은 사람을 잘랐다.

남은 이는 손꼽을 수 있는 몇 명뿐.

그중 한 명이 물었다.

다 자르고 나면 결국 '나'를 향하지 않겠냐고.

시들한 태도로 답했다.

나 자신과 부모님이 마지노선이라고.

가족이 없어지면 무의미해질 거라고.

그러면 스스로를 향할 것 같다고.

전부 자르면 나마저 잘라 내려나.

잘라 낼 수 있을까.

잘라 낸다면.

잘라 낼 수 있다면.

난 나를 사랑하지 않으며

다른 누구를 사랑하려 한다.

내게 잘해 주는 사람을

진심과 반대로 밀어 내려 한다.

더 나아지고 싶다며,

저 자신을 자주 고립시킨다.

오로지 외로움만 끌어안으며

외롭고 힘들다고,

사랑받을 자격이 없다고 말한다.

지금도, 매일같이

자기 자신을 몰아붙이는 충동에 시달린다.

충동과 그에 대한 저항은 수많은 모순을 낳았다.

혼란 속에서 갈피를 못 잡아 그저 '그런 글'을 뱉는다.

이따금 가족도, 친구도, 아무도 안 남은 나를 상상한다.

제약 없는 충동이 만들어 낸 결과를.

그 상황 속의 난 철저히 망가졌다.

절뚝이며 고립 속으로 걸어 들어간 나.

2.

버려짐을 두려워하는 내가 누군갈 자른다.

감당하기 어려운 충동을 버거워하며 살아간다.

버티는 것이 고작. 하루와 그다음 하루가 불안정하다.

왜 이렇게 됐을까.

왜 이렇게 됐을까.

이십 년 가까이 지난 일이다.

명절마다 다른 지역에 다녀오던 초등학생 시절.

집에 도착해서 문을 열고 들어간다.

새까만 방. 온기가 느껴지지 않는 바닥과 공기.

그때 머릿속으론 까닭 모를 물음이 쉴 새 없이 떠올랐다.

왜 살아야 하지. 왜 살아야 하지. 왜 살아야 하지.

왜, 살아야 하지.

어떻게 받아들여야 할지를 알기에는 어린 나이였다.

열여덟 살의 난 싸이월드에 자살 암시 글을 올렸다.

어느 순간이 되면 목숨을 끊겠노라고.

그러기 위해서 준비할 목록을 적어 두기도 했다.

조금씩 사진을 태워 버려야지. 내 흔적을 지워야지.

아마 일촌 공개로 설정했을 것이다. 글자는 흰색으로 바꾸고.

못 채운 공책, 작사, 더 좋은 집으로 이사 가는 일,

돈, 서재 마련, 남들처럼 평범히 살고 싶다는 바람.

무엇도 살아야 할 명분이 될 수 없다.

몇몇은 내게 행복하게 살라고 말하지만 와닿지 않는다.

엄마는 나와 동생에게 뭐라도 해 주려고 돈을 번다고 하셨다.

나를 놓지 못하는 까닭은 부모님의 남은 삶이 망가지기 때문이다.

물론 스스로 목숨을 끊을 용기가 부족하기도 하고.

우울증이 별것 아니야.

일상생활하면서 무기력하고 힘들고 그런 거지.

라고 친구가 말했다.

정 그러면 정신과에 가 보는 건 어떻냐고도 했고.

이제는 정말 가 봐야 하나 싶다.

스무 살이나 스물일곱 살이나 쓰는 내용은 똑같다.

여전히 '나는 왜 살까' 되묻고

살아야 할 이유를 찾으나 끝내 답을 내리지 못하고.

밤마다 새벽마다 '살지 말까'라는 찌꺼기를 곱씹는다.

지친다 이제.

내 글을 보러 오지 않겠지. 혼자 삭여야겠지.

팔로잉을 끊겠지. 이웃을 삭제하겠지.

내게 질리겠지. '얘 이런 애구나' 하고 여기겠지.

신경 쓰고 걱정하는 것도 괴롭다.

아무리 고민해도 답이 나오지 않는다.

어떤 사람이 되길 원하는지 도통 알 수 없듯이.

그냥 살아야 하나.

내가 불쌍하다는 생각을 가끔 한다.

자학에 가깝도록 안 좋은 쪽으로 치우쳐서.

매몰된 채 이십 대가 끝날까 봐서.

삼십 대가 되고 사십 대가 돼도 이러고 있진 않을까 무섭다.

시간이 지나도 변하지 않으면 어떡하나 싶어서.

자기 자신을 외딴섬으로 만드는 내게

인맥이니 인프라니 하는 것들이 구축될 수 있는가.

와닿지 않는 말이다.

남는 게 사람이라고 하던데,

내겐 고작 몇 안 되는 추억과 그것을 옮겨 쓴 글뿐이다.

그들에게 남긴 말이 흩어지고 대상마저 그렇게 된다.

이메일과 핸드폰 따위에 남은 기록을 보면 떠오른다.

'어떤 말을 했지', '이런 관계였지', '그때 내 마음은 어땠지'

수백 장에 달하는 '다른 사람들의 조언'에는 내게 남긴 말이 담겼다.

관계는 안 남는다. 그가 남긴 말도, 진심도, 사라져 버릴 수 있다.

글은 다르다. 지우지 않는 한 어딘가에는 남아 있기 마련이나.

첫 줄을 반복해서 읽는 강박증이 있다.
정신이 산만한 건지, 잡생각이 많은 건지,
온전히 담아내고 싶은 욕심 때문인지는 모른다.
읽다가 잠시 다른 생각이 들면 첫 줄로 돌아간다.
'눈으로 보기만 하는' 듯하면 첫 줄로 돌아간다.
거듭해 읽어도 성에 안 차서 되돌아간다.
첫 줄을 읽고 흡족하지 않아서 다시, 다시, 다시 읽는다.
몇 번이고 돌아가서 처음부터 다시.

그냥 넘어가 보려고도 해 봤다.
그러자 첫 줄의 느낌이 어렴풋해졌다.
지금 이 문장이 그런 것처럼.

내가 글월을 읽는 건지, 모양새를 보는 건지를 모르겠다.
정보가 아닌 느낌만 남는다는 생각이 들곤 한다.

성인 ADHD인가.

난독증인가.

실질적 문맹인가.

온갖 문제를 떠안고 있는 것 같다.

읽는 데 어려움이 크다.

남들보다 이해하는 속도가 더디며

인쇄된 글자를 볼 때 눈에 잘 안 들어온다.

이처럼 이런저런 강박증에 불편함을 겪으면서 산다.

지금 쓴 글도 첫 줄에 도돌이표가 찍혔다.

살아 있으면 아무리 못해도 일 년에 한 번,

십일 월 육 일에는 글을 올릴 테니.

'Happy Birthday To Me'라는 내용으로.

알아 주거나 축하해 주는 이가 있든 없든 어떻든 간에.

그러니 내내 조용하다면…….

늘 진심으로 진지하게 부닥쳐 왔습니다.

누구보다 솔직하면서도 집에서는 입을 열지 않았던,

욕심을 놓지 못해 힘들어한 시간이 많았던 사람입니다.

"너를 알고 지낸 날보다 앞으로 알고 지낼 날이 많기를."

이라는 말로 후일을 약속하고.

54

그 사람을 위하는 만큼 그도 나를 생각해 주기를,

소중히 여기는 이들에게 나 역시 그런 존재가 되기를 바라고.

그러다 보니 누군가를 좋아하는 일이 곧 부담이자 멀어짐이 되던.

이처럼 일생을 불안 속에서 살았습니다.

행복을 입 밖으로 꺼내는 순간 사라져 버릴까 봐 겁이 났습니다.

삼키곤 했습니다.

불현듯 떠올라서 썼던 것이지만

퍽 마음에 들기에 가끔 외는 문장이 있습니다.

'생에 서린 설익은 설움에 설핏 깃들었던 웃음도 아스러지고'

서러움조차 편협하고 어정쩡한,

저를 잘 나타내는 말인 듯합니다.

무얼 하든 어설펐으며

벅차오르는 기운은 설핏 깃들었다가 아스러졌습니다.

돌아보니 그런 삶이었습니다.

안녕이라 말하며

안녕을 바라다

외톨이

별을 켜면 떠오르고
달을 끄면 가라앉는

나의 숨을 조여 오는
거리 위의 그림자들

거리감에 대하여

'거리감'의 정체를

결정하는 주체.

그 사람은 나? 아니면 너?

나의 태도

너의 마음.

그 사이의 상관관계.

현재의 시점에선

판단할 수 없는 문제.

미련

스쳐 가는 달빛 속에
날카로운 바람 한 점
메말라진 공기 담아
휘청이는 나에게로

술에 취한 나인 걸까
아파하는 나인 걸까
달에 취한 깊은 밤에
비틀대는 나의 걸음

걷다 보니 그대 집 앞

불러 봐도 묵묵부답

어느샌가 높아진 담

태연한 척 애써 담담

높디높은 장벽에 막혀 주저앉은 그대

아무도 벽을 넘어서는 방법을 알려 주지 않았죠

새하얀 종이 위의 떨어진 빗방울같이

내린 눈물 아픈 가슴 안엔 울음만 쌓여 가죠

그런 그대 바라보는 나는 세상에 갇혀 있죠

힘든가요 포기하고 싶은가요

눈앞에 보이는 벽 그댈 밀치나요

그렇다면 발밑을 내려다봐요

수많은 해바라기가 고개 숙인 모습을

그 아래 놓인 씨앗들, 이제야 발견했나요

앞을 봐요 현실을 직시해요

낮아진 장벽 향해 힘껏 도약해요

그대 위해 희생한 이들 부디 잊지 마요

멈춘 폭풍, 넘어선 벽을 뒤로하고 나아가요

걸어 잠근 자물쇠 풀어 버리고 쌓인 눈물 모두 내게 맡긴 채

비와 그대

비를 사랑한다던 그대는

아픈 비가 되어 나의 가슴속에 내리고

그대가 잠든 사이에 모든 감정을 터트려

소나기가 되어 내린 나는

그대가 창밖을 바라보았을 때

그대의 시선 속에서

작은 웅덩이로 형성되어 머무릅니다

일방성의 위험성
그 끝이 보이는 유한성

한쪽이 다 지치면 곧,
끝나 버릴 한계성

깨져 버릴 공평성과
관계 속의 지속성

불가피한 상황 속에
허물어질 '모래성'

사진에 있는 얼굴도 보기 싫어지는, 이 감정의 정체는 열등감.

우선순위

내 안에 나를 채워 넣자.
내가 나를 사랑하지 않으면
그 누가 나를 사랑해 줄까.
내 모습 그대로의 나를 인정하자.
그리고 사랑하자.
나부터 나를 사랑해야
다른 사람들도 나를 사랑해 준다.

기약

많은 말을 하고 싶지만
그 어떤 말도 할 수 없는 밤

내일은 더 좋은 일이 있기를
내일은 더 행복한 하루를 보내기를
내일은 오늘보다 나아진 내가 돼 있기를

더 많이 웃고 더 많이 노력하자

시간이 약...?

1.
어느 때에 잊힐 순 있지만
영영 지워 낼 수는 없다.
잠시나마 감출 도리가 있을망정,
해결 않는 한 또다시 떠오르며
지금과 같은 순간을 맞이하게 된다.
달아나기만 해서는 답을 찾기 힘들다.
그저 다가올 날에 맡기기만 해서는
아무것도, 어떤 진실도 덮어지지 않는다.
그런데도 현실과 맞닥뜨리는 상황이 두려워
다시금 시간이 수습해 주길 바라며 도망친다.

아는 것과 행할 수 있는 것의 차이는 너무나 크다.
때로는 이 간극이 독이 되기도 한다.

2.

마주하기를 거부한 문제는
언젠가 되돌아오기 마련이며
세월이 더해져 더 큰 혹으로 느껴진다.
도외시한 골칫거리가 쌓이고 쌓이면
종국엔 걷잡을 수 없는 수준에 다다른다.

외면할 무렵에는 마음이 편할지도 모르지만
나중을 생각하면 괜찮다고 말하기 어려울 것이다.

상처의 깊이는 마음을 쏟는 만큼 깊어 간다. 사람에게도, 동물에게도, 자그마한 물건에 대해서도, 나날을 보내며 아릿하고 특별한 기억을 쌓는다. 깜깜 모를 때에는 익숙해질 따름이다. 당연시하고 그것이 영원할 거라 믿으며, 시나브로 시나브로 무뎌진다. 때로는 소중함을 잊은 채 함부로 대하기도 한다. 처음엔 어려울지라도 한 번 시작한 이상 두 번 세 번은 너무나 쉽다. 이전에는 망설임이 깃들어 있을지 몰라도 다음부터는 결여됐다. 그런 태도에 길들여질 즈음, 혹은 행동이 절정에 달할 무렵. 대상이 더는 삶의 일부가 아닌 순간이 찾아온다.

보통 받아들일 준비가 되기 전에 불쑥 나타난다. 처음에는 멀쩡하다. 이따금 불안해지기도 하지만 곧 수그러든다. 현실성이 결핍됐기 때문에……. 뒤틀림 속에서 고통은 천천히 그리고 은밀하게 다가온다. 일상이 깨져 버리고 인정하면 걷잡을 수 없을 것 같은 하루하루가 이어진다. 애써 무시하며 괜찮으리라 여겼던 시간은, 돌변해 해일처럼 밀려와 전부 쓸어 간다. 무심했던 모습도. 정체 모를 복잡 미묘한 심정도. 다 휩쓸어 가고 빈 자리는 지난 후회와 지독함으로 차오른다. 감당하기 힘든 쓰라림에 다른 사고는 불가해지고, 언제까지나 괴로울 것처럼 느끼며 한참을 허우적댄다.

그러다가 얼마쯤 지나면 슬픔은 옅어지고 그리움이 형성된다. 여전히 가슴 아픈 기억이 남아 있다. 그러나 이는 차츰 담담히 말할 수 있는 성질의 것이다. 사진 한 장이나 풍경 하나에도, 스쳐 가는 얘기 한마디에도 추억은 쉽사리 되살아난다. 그 순간에는 감상적으로 된다. 아련해지며 많은 생각이 들기도 한다. 침묵이 절실하며 혼자만의 시간이 필요해지는. 이럴 때에는 대화가 독이 돼 불쾌함으로 다가온다.

비스름한 상황에서 언제나

같은 느낌. 같은 감정. 같은 기분.

그리고 같은 생각과 같은 걱정.

상황에서 생각으로. 생각에서 걱정으로.

걱정에서 기정사실화로. 어느 틈에 믿음으로.

믿음에서 말과 행동에 담긴 반응으로.

이는 곧 멀어짐이란 끝으로.

멀어짐은 찌꺼기로 남은 채

후에 비슷한 상황이 닥쳐오면

또다시 같은 느낌과 감정과 기분으로,

생각과 걱정이 돼서 멀어짐이라는 결말로.

잊을 만하면 되풀이되는 인간관계의 말로.

자고 일어나니
꿈이 아니었고
집이 아니었고
생활관 안이었다.

상처(傷處)

너에게 상처를 주며 나 역시 상처받고.
네가 상처받는 모습을 보면서 상처받고.
내게 상처 주는 너를 원망하며 또 상처받고.

상처를 주는 너로 인해, 나로 인해.
상처받는 너로 인해 그리고 나로 인해서
상처는 내 안에서 끊임없이 되풀이된다.

상처는 받는 것뿐만이 아니라, 주는 것과 보는 것
그것을 생각하는 것과 존재 자체만으로도 언제나
충분한 상처가 된다.

난 과거의 감정으로 과거의 기억으로

과거의 마음으로 그리고 과거의 시선으로

널 보고 있는데

넌 그 모든 것에 대하여

현재를 바탕으로 해서 날 대하고 있다.

1.

미워하는 일은, 그렇게 함으로써

마음 깊은 곳에 '미움'을 담아 두는 것.

내면을 들쑤셔 놓고, 심장이 빠르게 뛰고.

그 사람을 미워하는 동시에

그런 생각 때문에 마음이 괴롭고.

시나브로 미움은 고집이 되어, 지나간 기억에 머문다.

미워하는 대상에 대한 내 모습은

어린아이의 그것과 다를 바 없이 유치하기 짝이 없다.

?

미워하는 꼴은 지난 시간을 붙잡고 불평불만을 쏟으며

납득할 수 없는 많은 면으로부터 애써 자존심을 세우려는 것.

'우울과 닮은 것'도 무심코 우울이라 규정짓는 순간, 그 단어에 물들어 감정의 획일화가 이루어진다.

설익은 설움

생에 서린 설익은 설움에 설핏 깃들었던 웃음도 아스러지고

불청객

저 하늘엔 달이 피고
나의 하루는 저물어 간다.

다가오는 새벽에 눈을 감지만
어떤 이는 밤을 지새우며 마이크를 켠다.

무엇이 저 사람의 발길을 이끌었을까.
차마 비우지 못한 것을 쏟아 내기 위해서일까.
아니면 공허함에 다만 발버둥을 치는 걸까.

온몸에 전해 오는 진동도

날이 선 신경과 끝이 없는 생각도

어느새 옅어지며 나도 모르는 새 사라져 간다.

정적은 몽롱한 의식 위로 흐르고

알람에 멈췄던 모든 게 다시 움직일 때까지 난,

이불을 덮는다.

그저, 죽은 듯 잠든다.

흰

내린 눈은 새하얗고
신발의 하양 위로 새로운 흼이 얹혔다.

몸을 지탱하던 신발은 밑이 닳았으며
'흰'도 밑받침을 잃어 낱자로 흩어졌다.

낡은 신발의 주름 사이로 눈이 얹히나
가려지는 건 걸음이 멈추기 전까지다.
스며든 깨끗함을 마지못해 털어낸다.

색이 바랜 백색은 설백색 앞에서 마냥 부끄럽기만 하다.

불 꺼진 방. 몸을 일으켜 앉는다.
암흑으로 뒤덮인 주변 모습은
마치 흑백 필름을 걸친 듯 보인다.

도로 자리에 누웠다.
팔을 뻗은 채 열 손가락을 펼친다.
손가락과 천장의 경계가 애매하다.
낮에는 선명하던 방 안의 '선'들도
거리감도 무게감도 하나같이 불분명하다.

숨을 들이마시는 소리.

다시 숨을 내쉬는 소리.

베개 위로 머리가 움직이는 소리.

이불 위로 손이 얹히며 눌리는 소리.

눈을 비비고 마른세수를 하는 소리.

늘 존재하는 소리가 이제야 선명해진다.

나의 미동이, 숨을 쉬며 살아 있음이

밤과 새벽의 틈이 만들어 낸 정적 속에

아무런 방해 없이 오롯이 느껴진다.

눈을 뜬 것과

눈을 감은 것의 차이가 미세한 이 밤.

무거운 눈꺼풀에 시선이 짓눌리는 시간.

모두가 깨어날 준비를 하는 이때

난 잠들지 못하고 글을 쓰고 있다.

우리는 얼마나 많은 '안녕'을 말해 왔으며
그 무수한 인사에는 어떤 사연이 담겨 있을까.
문득 간단하기도 한 인사말에 생각이 미쳤다.

혹시 만남과 헤어짐 속 '안녕'이 반쪽짜리인 건 아닐까.
'어떻게 지냈냐', '밥 한번 먹자'라는 인사치레처럼.
대화를 위한 물꼬로 아니면 그저 하나의 마침표로.

내가 사랑하고 고마워했던 사람들이,
안녕이라는 인사가 까마득하기도 한 그들이,
여전히 안녕하기를 바란다.

단어 뜻 그대로 아무 탈 없이 편안히 지내고 있기를.
앞으로도 그러하기를.

만일 그중 일부라도
"안녕." 하고 다시 만날 수 있다면
내 일상은 그런 날들로 인해 특별해질 테다.
기다림과 아쉬움조차 행복에 스며들 터이다.
좋은 사람과 보내는 시간은
함께라는 것만으로도 의미 있어지므로.

이만 몇 년 전 가수 길이 했던 말로 마무리 지어 본다.

안녕. 그리고 안녕.

다만 숨을 죽이고 걷는다.

인적 없는 거리와 건물은 차분하다.

도로에 놓인 바퀴 달린 것은 싯누렇고

그 위로 전선이 어지러이 펴져 있다.

선과 선 사이의 별은 걸음 따라 멀어지며

내딛는 발에 맞춰 시선 속에 흔들린다.

누런 조명이 닿지 않는 하늘.

무수한 낮이 밤이 되듯

형형색색의 하늘도 까만빛으로 귀결한다.

밤하늘은,

밤바다와 방 안에 갇힌 불안만큼이나 위험하다.

마찬가지로 끝이 없고 어두운 까닭이다.

잠음에 정적이 흩어진다.

차는 굉음을, 행인은 맥락 없는 얘기를 남기며

고개는 소음이 비롯되는 곳을 좇는다.

시야에 들어오는 길바닥.

그 한편을 헌 신발이 한껏 주름 잡고 있으며

보행은 관성처럼 이어진다.

무릎을 굽혔다 펴면 뒤꿈치가 닿는다.

몸이 앞으로 쏠리고 앞꿈치에서 발가락으로,

무게가 실리며 몸이 또 기운다.

다시, 발뒤꿈치로.

발걸음이 왕복하며 생각을 밀어 올린다.

어느새 길의 끝자락이다.

점멸하는 신호등을 지나며 장면은 새로 시작된다.

붉어진 잔상을 뒤로하고 터벅 걸음을 옮긴다.

간판이 점거한 보행로.

한낮처럼 이따금 눈부시다.

한가로이 방황하기 좋은, 도시 속의 봄이다.

헤어지는 말

가슴 아픈 말

나를 베어 오는 말

다른 세상 속의 말

라디오 사연처럼 나를 무너뜨리는 말

마음속 한가득 채운 말

바람처럼 나를 할퀴는 말

사랑을 뒤덮어 버리는 말

아직 흉터로서 남아 있는 말

자신보다 너를 더 사랑하는 날

차디차게 걷어찬 날카로운 말

카멜레온처럼 너무나 쉽게 변질되는 말

타투처럼 내게 깊이 스며든 말

파도에 휩쓸려 가 버린 말

하지만 밀물에 다시 떠밀리어 오는 말, 헤어지자는 그 말

가 버린 대도 떠나간 대도

나는 살아가겠죠

다른 사람을 사랑해도 나는 괜찮아

라고 말을 하며

마지못해 아픈 나를

바보처럼 울먹이며 위로하겠죠

사랑한다고 가지 말라고

아직 나를 두고 떠나가지 말라고

자기 자신밖에 몰랐던 말들 대신에

차갑게 식은 나의 눈물이

카멜레온처럼 잿빛 바다에 스며들며,

94

타 버려 재가 된 나의 심장과 함께

파도에 떠밀리어 내려가

하염없이 나에게서 멀어져만 가겠죠

그나마 하루를 꾸역꾸역 넘긴다.
느지막할 때 찾아오던 생각이 낮으로 옮았다.
드리운 그늘처럼 내 낯빛은 컴컴하다.

가장 가까운 가족에게 말 못 하는 내용을
가끔 나를 모르는 이들 앞에 늘어놓는다.
가슴에 담아 둔 말을 될 대로 되라는 식으로.
가볍다는 생각도 든다. 그리 보이기도 하겠지.

나는 어리광 부리는 사람에 불과할까.
나는 우울과 불안을 떼어 낼 수 없도록 태어났나.

나는, 곁에 누군가를 둘 수 없는 주변인인가.

나락으로, 저 밑으로 떨어지고 떨어지는 건 아니려나.

다시 또 왜 사는지 모르겠다는 수렁으로 빠져든다.

다른 결말 없이 얼굴에 한가득한 우울함뿐이다.

다만 그럴 따름이다.

다가가는 일도 다가오는 이도 두려워하는 내가 품은 기운은.

라디오와 인터넷 곳곳에서 흘러나오는 사연.

'라일락 꽃향기 맡으며' 노래 부르는 가수.

라면을 끓이고 하프 연주까지 하는 방송인.

라디오스타와 같은 온갖 예능 프로그램.

마찬가지로 와닿지 않는 이런저런 이슈.

마냥 혼자 동떨어져 사는 사람인 양 관심이 생기지 않는다.

마약을 하고 반성 조금 한 뒤 방송에 나온들 나랑 무슨 상관인가.

마음에 무엇을 담아 둘 공간이 없다. 오로지 나로 가득 찼기 때문에.

바다 위에 둥둥 떠 있는 부표같이 감정 기복도 오르락내리락하며 바다 한가운데 놓인 듯한, 나를 둘러싼 주변이 썰물처럼 멀어진다.
바보 같은 일이려나. 머무는 세상에 대한 이해 없이 살아가는 건.
바람이 불면 부는 대로 휩쓸리며 산다. 별도리 있나. 내 시야에 나밖
에 보이지 않는데.

사람을 곁에 두려고 노력했다. 이 염원과 멀어져 간다.
사랑을 하고 싶다고 바라 왔다. 이 소망과 멀어져 간다.
사진에 남아 있는 그리움조차 빛이 바랬다.
사는 동안 새로 쌓을 관계와 추억은 만든 것보다 많을 수 있을까.

아직 섣부른 생각일지 모른다.
아주 혼자 다 겪어 본 척 무게 잡는 중인지도 모른다.
아니다. 나는 진실에 진심을 섞어서 말하고 있다.
아스러진 기억은 조각조각 잊히며 떠올릴 시간마저 짧아진다.

자유로웠던 초등학생과 중학생 시절.
자습으로 밤 열한 시까지 갇혀 있던 고등학생 시절.
자존감이 바닥을 친 대학생 때부터 이십일 개월을 내버린 군대까지.
자석에 달라붙는 쇳조각처럼 하루하루 끌려가며 살았을 뿐인데. 근

데 왜…….

차가운 성격 탓에 그런 걸까. 그저 마음이 약할 따름이라 믿는다.
차츰 곁에 남는 사람이 없게 될까.
차라리 그게 편하려나. 아무도 안 남은 상태에 익숙해지는 게.
'차라리'가 온전한 속내가 아닌 것을 이제는 알잖나.

카메라에 담긴 단역 배우인 양 생의 초점은 나를 벗어났다.
카메오보다 못한 난 일생에서 주연일 수 없는가.
카 푸어는 어렵게 사는 대신에 차를 택했다지만,
카페인을 연료로 체력을 끌어다 쓰는 내게 무엇이 남아 있는가.

'타인은 지옥이다'라는 웹툰이 있다만, 내게는 나 자신이 지옥이다.
타성에 젖은 채 누가 뭐라 하든 귀담아듣지 않는다.
타액같이 불쾌히 여기거나 '이미 알고 있는 건데'라며 자만한다.
타박하면 미워하는 듯이 어린 모습이 남아 있기도 하다.

파란 하늘과 비 오는 하늘, 눈 내리는 하늘.
파리한 얼굴로 방에만 있는 내 앞에 사계절이 대체 무슨 소용인가.

파하하, 스스로를 비웃는다. 처박힌 채 원하는 것만 잔뜩인 모습을.
파렴치하다고 비난할 수도 있겠지.

하나둘 뿌린 대로 거둔 결과가 지금의 나라면
하나도 잘 산 인생이라고 할 수 없을 테다.
'하지만 최선을 다해 왔잖아. 잘되겠지'라고 끝맺고 싶지는 않다.
하릴없이 살아왔듯이 쓰고 있을 뿐이다. 흐지부지한 결말은 살아온
삶과 똑 닮았다.

한 사람의 음악을 듣고

그 예술가를 알아 간다는 것은

넌 내가 바라던 이상적인 모습으로 다가왔다.

한마디 말로 인해 난
아무 관심도 없던 너에게 호감을 느꼈고
어느샌가 넌 내 일상을 흐트러트리고 있었다.

쉽게 설레는 마음을 경계하던 난
이번만큼은 다르리라 생각했다.
순조로운 흐름 속에 희망을 키워 나갔고
행여나 행복한 꿈이 깨질까 조마조마했다.

하나 우습게도 난 감정에 여지를 남겨뒀었다
인정하면 걷잡을 수 없이 커질까 봐서.
이전의 과정을 또다시 반복할 것 같아서.
난 네게 열심히는 하되 열정적이진 못했다.
다가간 만큼 아니, 그 이상으로 멀어질까 봐.

억누른 채 천천히 다가갔다고 생각했다만,
그런 나의 속도마저도 네게는 버거웠나 보다.
한 걸음 다가갈 때엔 미동이 없던 넌
두 걸음 다가가니 세 걸음을 뒤로 물러섰다.
그것이 우리 관계의 균형인 걸까.
너를 바라보며 신경을 많이 썼던 난
물러섬으로써 배려를 마무리 지어야 하는 걸까.

한바탕 쏟아지고 나면 이내 그 흔적을 지우는 소나기처럼,
너에 대한 마음은 불쑥 찾아와 감정을 뒤흔들고선 종적을 감춘다.

끝이 정해져 있으나 후회가 없도록 남은 길을 마저 가려 한다.

넌

너에 대한 시선은 이전의 그것으로 돌아왔다.

문득 달리 보였던 넌 무덤덤한 존재로 일상에서 옅어졌으며

밑바닥을 알 수 없던 감정의 정체는 끝내 밝혀지지 않았다.

내가 성급했던 걸까. 솔직하지 못했던 걸까.

아니면 서서히 다가가려 했던 내 의도에

속력에 대한 배려는 있으되 방향에 대한 배려가 없었던 걸까.

어찌 됐든 끝을 향해 가려 했던 다짐은

식어 버린 시선에 네가 보이는 순간 의미를 잃었다.

그것으로 끝인 줄 알았다만,

너 하나에 대해서는 괜찮은데

혼자가 아닌 모습을 보면 가슴이 시리다.
한창 너를 생각하는 마음이 커졌을 때
날 가장 많이 힘들게 했던 것이기 때문이겠지.
터놓고 말하자면 그렇다.

너 하나에 대해서는 괜찮은데
그렇지 않을 때에는 그 사람이 밉다.
그 사람이 밉고 함께 있는
그리고 함께 있을 네가 밉다.

시선은 되돌아왔는데
아직 모든 면이 그렇지는 않은가 보다.

　그 사람 이름은 내 동생의 이름과 같고, 내 이름은 그 사람 동생의 이름과 같다. 우린 기타 동호회에서 만났으며, 그는 내게 괜찮은 지인이었으나 불편해지기까지 오래 걸리지 않았다.

　나는 늘 그 사람에게 용서를 구하고 '잘못한 동생'으로 남아야 했다. 그게 우리 관계의 전부였다. 하나를 실수하면 아니, 마음에 들지 않으면 열을 잘못한 듯 죄송하다 해야 했고, 그는 온통 사과를 받아야 할 말과 행동으로 날 짓뭉개고 가슴 아프게 만들었다. 그 사람은, 그 여자는, 나를 감정 쓰레기통으로 이용하곤 했다. 때때로 주위에서 그 여자에게 물었다. 너는 왜 얘한테 말을 그렇게 하냐고, 말이 너무 심하지 않느냐고. 그는 이렇게 둘러댔다. 지수를 위해서 그러는 거라고. 난 속없는 등신처럼 가스라이팅 가해자 편을 들었다. 옆에

107

서 웃으면서 두둔해 줬다.

일 년 동안 그를 알고 지내며 얻은 것은 아주 작은 즐거움과 필요 이상의 값을 치른 깨달음이다. 놓아야 할 인연을 붙잡는 건 미련한 짓이구나. 다른 누구를 짓밟으면서 자존감을 채우는 유형도 있구나. 이토록 해로운 인간관계를 난 바보 같은 이유로 놓지 못했다. '이 사람도 언젠간 좋아지겠지' 하는 헛된 희망과 그 여자와 함께 만나는 몇 명 때문에.

한번은 서로를 위해서 맞춰 가자고 부탁한 적이 있다. 그러자 그는 "난 이렇게 살아왔고 그리해 줄 수 없다."라고 말했다. 그래서 생각만이라도 할 수 없는지 재차 물었다. 다시 한번 그 여자는, 힘들겠다는 결론을 대답으로 내놨다. 변하지 않는 것은 물론, 그럴 의향조차 없음을 뼈저리게 느꼈다. 하나 남은 끈마저 끊어졌다. 다른 이유는 애초에 문제 될 게 없었다. 같이 만나는 이들은 한참 전부터 연을 끊으라고 말했기 때문이다.

어느 순간 그 사람에게 정이 떨어지고 관계에 염증을 느꼈다. 당연한 결과였다. 다만 인연을 끊을 적당한 시기가 없었을 뿐이다. 그러다가 올해 일월. 기다리던 기회가 찾아왔고, 난 이를 계기로 쌓인 모두를 거리낌 없이 얘기했다. 앞으로는 연락이 없을 것이라는 확실한 태도와 말로써. 자존심 강한 그 여자는 자신이 살아온 인생을 부정하는 데 실패했으며, 이는 진실로 바라고 바라던 바였다.

그 뒤로 홀가분하게 지내다가 두 달 전, 그와 만났다고 한 아는 동생이 알려 줬다. 반년 전에 내가 한 말을 그 여자가 '대들었다'고 표현했노라고. 또, 조금은 여지를 남겨 두고 있는 것 같다고. 더는 화가날 일이 없으리라 생각했는데 어떤 면에서는 참 대단하다 싶었다. 끝까지 내 위에 올라서려고 안간힘을 쓰는구나. 여전히 죄송하다고 사과하기를 기다리는구나.

그 사람이 부디 그대로 살아가 줬으면 좋겠다. 본인이 상처 준 만큼 되돌려 받든. 나를 어떤 사람으로 기억하든. 설핏 깃든 불쾌함을 껴안은 채로, 깨달음 없이 그렇게.

지상에서 지하로, 옛일이 돼 버린 영광

중학생 때, 등하굣길에 있는 비디오 대여점은 지상에 있었다. 친구는 주인아저씨의 눈치를 보며 만화책을 몰래 읽곤 했다. 걸리면 혼난다며 속독하는 친구 옆에서 괜히 마음을 졸였던 기억. 고등학생 시절을 넘어 대학생이 되자 대여점을 향한 발길이 뜸해졌다. 다른 지역에 있는 대학교에 다니느라 그런 것도 있다. 어느새 대여점은 옆 건물의 지하로 옮겨 있었다. 새벽 네 시에 가도 열려 있던 가게는 새벽 두세 시에 문을 닫았다. 서서히 앞당겨지는 시간. 새벽 한 시. 자정. 밤 열한 시. 밤 열 시. 헛걸음에 대한 허망함보다 앞섰던 건 복잡한 머릿속이었다. 그러다가 보게 된, 우유 배달을 준비하고 계신 대여점 사장님.

가끔 대여점 앞을 지나면 입구까지 들어가 보곤 했다. 매번 교체

되지 않은 영화 포스터가 쓸쓸히 느껴졌다. 그래도 불이 켜져 있는 지하를 보며 불편함과 함께 마음을 놓았다. 한편으로는 시간문제일 뿐, 끝이 정해져 있는 걸까라는 생각이 들었다. 이제는 번번이 맞닥 트릴 불안 때문에 건물 앞을 지나가기가 꺼려진다. 안도와 걱정이 내 최선이므로, 무력하다는 현실만 깨달으므로.

　더는 대여점 사장님에게서 예전의 영광을 찾아볼 수 없다. 비 오는 날이면 우비를 쓰고 우유 배달을 준비하시는 모습. 좁지만 넓게 느껴지고, 적막이 맴도는 공기 속에 앉아 계신 모습은, 가슴이 저리 도록 초라하다. 학창 시절 기억 중 일부에 셔터가 내려오고 있는 것 만 같다.

　이처럼 추억과 나를 둘러싼 시간이 보통과는 다른 나만의 속도로 흘러가고 있다. 마냥 흘러가고만 있다.

한 사람의 음악을 듣고 그 예술가를 알아 간다는 것은

외발, 자전거

바퀴가 하나인 자전거를 외발자전거라 말하지만
넌 외발이고 자전거이나 그리 말할 수 없구나.
덩그러니.
한 몸이던 나머지의 행방을 모르는,
방치된 널 주인이 거쳐 간 건 언제쯤일까.
너를 녹슬게 한 계절은 어디쯤 있을까.

새벽에 택시가 거리를 돌며 목적을 다하는 동안에.
때로는 텅 비고 때때로 사람을 태우는 사이에.
네가 태운 것은 그저 먼지뿐이구나.
바람 말곤 누구 하나 털어 주는 이 없구나.

언젠가 널 보고 웃었던 일이 까마득할 정도로

수많은 낮과 밤을 보낸 후에야 네게 눈길이 닿았다.

늘 그 자리에 존재했던 것처럼 구는 네게로.

어느새 넌 이정표처럼 거리 일부가 돼 있었다.

그래서 내가 널 자주 확인하게 되는가 보다.

아마 쓸데없는 생각이겠지만,

네가 없어지면 난 섭섭할 것 같다.

별다른 추억이 있지도 않은데 정이라도 든 걸까.

우스꽝스러운 모습 때문일지도 모르겠다.

의미 잃은 바퀴에 달린 자물쇠가 우습고도 초라하다.

그런 네가 지키는 건 주인이 남기고 간 허망함일까.

물을 수 없는 질문으로 시선을 매듭짓는다.

관계의 균형

불현듯 이런 생각이 들었다. 이해하기 어려운 일도 언젠가 이해될 수 있구나. 참 간단하면서도 까다로운 문제다. 내 고집과 어림, 무의식과 의식 중의 외면, 성급함, 상대방에 대한 배려, 존중 등. 시달리고 진심으로 매달리다 보면 해답이 나오곤 한다. 이제는 어떻게 대해야 할지 조금은 알겠다. 아무리 애써도 납득이 안 되는 사항은 그냥 받아들이면 된다. 비교적 가벼운 마음으로.

만나는 횟수보다 질이 더 중요하다고 했던 네 말. 이와 관련해서 떠오르는 게 있다. 당장 만날 수 있나 없나보다 중요한 건, 얼마나 오래 관계를 유지하며 볼 수 있냐는 문제. 서로의 앞날을 응원하며, 여유가 되면 돕고 뜻이 맞는다면 함께하는 일. 같은 장소에 '같이' 있는 것보단 다른 장소에 있더라도 '함께' 있다는 사실.

난 온전히 스스로를 위해 보내 시간이 부족했 l 고 m. 어쩌면, 나 인에게 의지하려는 버릇 때문에 그랬는지도 모른다. 여하튼 결론은 간단하다. 전보다 나은 선택을 하기 위해 이성적인 판단을 내리는 것. 자질구레한 문제와 감정에 휘둘리지 않는 것.

   생각 하나 더. 이따금 내 모습을 네게 동기화하려 했다. 내가 그러 하듯 너도 그렇게 해 주길 바라며, 네 위로 나를 덮어씌우려 했다. 이 를테면 내 기준을 너에게 적용했던 지난날처럼.

   네 말이 맞는다. 난 조금 더 예민하고 넌 조금 더 무심하다. 그것이 너와 나의 관계의 균형이다.

너를 맞이할 준비를 했지. 이 층 침대에 쌓인 겨울옷들은 택배로 보내고, 던져 놓은 짐은 여행용 가방 위로 올리고 이불을 깔았지. 다음 날이 되자 네가 왔어.

미리 정해 둔 옷을 입고 은행에 가서 돈을 뽑고 버스 정류장에서 기다렸지. 순간 못 알아볼 뻔한 야수 같은 모습으로 넌 버스에서 내렸고. 피자를 먹고 돗자리를 사고 고시텔에 짐을 내려놓고. 버스 타고 가서 한강 난지 공원에 세 시 좀 넘어서 도착했나. 신현희, 트랜스픽션, 비와이, 국카스텐, 넬. 모히토 한 잔과 '어쩔 수 없이 마신' 아사히 맥주 두 잔. 끝나고 나서 치킨과 맥주, 걷다가 버스 타고, 또 한 번 걷고. 거의 다 네가 아는 얘기이거나 같이 한 일이지.

네가 오지 않았다면 난 공연을 보러 가지 않았을 거야. 그래서 네게 고마웠어. 그러면서도 네가 자고 갈까 기대했고, 혹시나 안 자고 가면 어쩌나 걱정했어. 나한테 먼저 자고 간다고 했을 때엔 안심했고 한편으로는 다음 날 약속이 있지 않을까 불안했지. 근데 바로 말하진 않았어. 물어보면 정말 일정이 있을 것 같았거든. 거절당하고 싶지 않았던 거야. 혹시나 하는 아쉬움과 욕심을.

그러다 내일 뭐 하냐고 넌지시 물었더니 약속이 있다고 했지. 어쩐지 그럴 것 같았어. 나름 서운한 티를 안 내려 했던 건 아는지 모르겠네. 속내를 드러내면 감정을 조절하기 힘들었을 거야.

편의점에서 아침을 간단히 먹고 넌 만나야 할 사람이 있는 곳으로 갔지. 버스 정류장까지 가야 했을까. 난 알면서 외면했던 것 같아. 내 고집이고 어림이고 투정인 셈이지. 아쉬운 만큼 냉정한 척 굴고, 깔끔하게 보내는 대신에 여기까지만 나와 줄 거라는, 그런 거지. 와 줘서 고맙다는 말은 끝까지 속으로 삼켰어. '이번에는 안 싸웠네. 그렇지'라는 말도. 조심히 내려가라는 말도.

방에 들어오자마자 청소를 시작했어. 빨래도 돌리고 셀프 빨래방에서 건조기로 말리고. 오랜만에 이불도 같이 빨았어. 아, 마음먹고 화장실 청소도 했다. 샤워한 다음엔 백화점에 가서 반찬을 사고 알라딘 중고 서점에서 책을 읽었어. 에어컨 켜 줘서 시원하고 좋더라. 볼일 마치고 고시텔에 와서 캔 맥주 두 개 마시고 잤지.

그래서일까, 난 괜찮았어. 네가 나와 헤어진 뒤 다른 누구를 만나러 가도 괜찮았고, 너무 일찍 갔지만 괜찮았어. 둘이 있다가 다시 혼자가 됐지만 괜찮았고 감당할 수 없을 정도로 머릿속이 복잡해지지 않아서 괜찮았어. 남은 시간 동안 해야만 하는 일들을 하다 보니 그렇더라고. 그리고 난 핸드폰 메모장에 문장 하나를 적었어. 네가 다녀가도 나는 괜찮다.

그러자 많은 기억이 떠오르더라. 아주 어렸을 때와 스무 살쯤에 힘들어했던 기억. 둘 다 사람들과 있다가 혼자가 돼 나 자신과 마주해야 했을 때야. 아홉 살인가 열한 살엔 '죽을까'라는 까닭 모를 충동이 쉴 새 없이 찾아왔고 스무 살엔 '나는 왜 살까'라는 생각에 짓눌렸지. 초등학생 때엔 왜 그랬을까. 외롭고 현실로 돌아오기 싫어서였을까. 아니면 그때부터 예민했던 걸까. 스무 살엔 너무 힘들어서 그랬을 테고. 얼마 전까지는 충동이나 감당할 수 없는 무언가 때문에 토라지곤 했는데. 며칠 전에는 그 정도까지는 아니었잖아. 내가 보기엔 그래.

예민함을 다스릴 줄 알게 되는 거지, 덜어낼 수 있는 건 아닌가 봐. 이틀이 지난 지금까지도 가슴이 울렁인다. 침과 함께 삼키면서 아래로 내려보내고 있어. 이렇게 뭐라도 쓰면서 토해 내기도 하고. 모처럼 핸드폰이나 노트북 대신 만년필로 공책에 쓰는 중이기도 해. 그래야 좀 솔직하고 꾸밈없이 쓸 수 있을 것 같았거든. 더 신중히 쓰고 싶기도 했고. 나름대로 만족스럽다. 어찌 됐든 성격이 이런 탓에 살기 버거운 건 맞지만, 덕택에 글을 쓸 수 있는 것도 있잖나. 이럴 때엔 차라리 다행이라고 여겨야 하나.

　이 글의 제목은 앞서 말했듯 '네가 다녀가도 나는 괜찮다'야. 어쩌면 '네가 다녀가도 나는 괜찮을 수 있다'가 나을지 모르겠다. 쓰고 보니 이게 낫네.

그토록 고시텔에서 벗어나고 싶어 했는데. 왜 이사를 해도 싱숭생숭할까. 이사를 도와준 친구가 자고 가지 않고 내려가서? 이사하느라 정신없이 시간을 보내고 방 안에 혼자 남아서? 이 공간이 낯설어서?

아마 예민해서겠지. 그리고 이걸 잊고 있었네. 내가 익숙한 환경에서 벗어나기 싫어하는 사람인 걸. 학창 시절부터 그랬어. 해마다 반이 바뀌는 게 싫었고 초등학교에서 중학교로, 중학교에서 고등학교로 올라가는 게 싫었지. 고등학생이 될 땐 '일진이 많으면 어떡하지' 하고 까닭 없이 두려워하기도 했어. 혼자 걱정에 걱정을 반복했지.

대학생이 되고, 입대하고, 전역하고, 인턴으로 취직해서 서울에 와도 마찬가지였어. 인턴 때가 가장 심했지 지도 교수님 소개로 기기로 취직했는데 알고 보니 '사진' 기자더라고. 안주하고 싶어 하는 내가 날마다 낯선 곳을 찾아다녀야 했어. 포토 존에 있는 배우의 사진을 찍고, 한겨울 새벽에 '뮤직뱅크 출근길'에서 아이돌을 찍고, 관심 없는 연예인들의 사진을 셀카보다 더 열심히 찍었지. 나를 움직였던 힘은 '그래, 인턴에서 정직원으로 올라가자. 학원에서 외국어를 배우고 틈틈이 기사 쓰는 연습을 해서 좋은 기자가 되자' 하는 생각이었어. 수동 모드로 찍고, 포토샵으로 수정하고, 마감에 맞춰서 기사 쓰고, 이곳저곳 찾아다니고. 영수증 정리하느라 새벽 두세 시까지 야근했지만 버텼지. 근데 잘렸어. 인턴 기간을 다 못 채운 이천십칠년 십이 월에. 그때에도 고시텔에 살았지.

시간이 흘러 이천십팔 년 팔 월에 재차 서울에 왔네. 역시나 고시텔로 왔지. 어쩔 수 있나. 돈이 없고 방법도 없었으니. 일 년 가까이 산 고시텔은 여러모로 환경이 열악하더라. 세탁기는 공용 주방에 한 대가 끝. 빨래를 말리려면 건조대가 있는 옥상으로 가야 한다네. 방음은 또 어떻고. 조용히 살고 싶어도 그럴 수 없는 곳이었지. 오른쪽 방에 사는 대학생 커플은 자정 지나서 섹스하고, 소리를 키운 채로 영화를 보고, 헤드셋 끼고 게임하면서 떠들더라. 방학이었을까. 방음이 안 되고 좁고 열악한 고시텔에서 그러고 싶었을까. 왼쪽 방에 사는 남자는 꼭 새벽 두세 시에 배탈이 나서 화장실에 가더라. 하필 벽을 사이에 두고 옆방 화장실이 내 침대 옆에 있었다네. 빨래도 참 난감했지. 옥상에 널어 두는 게 끝이 아니더라고. 비가 와서 다시 빨고, 바람 때문에 건조대가 쓰러져서 한 번 더 빨고. 혹시 '아침에 두 개인데 저녁에 하나인 것'이 뭔지 알아? 옥상에 널어 둔 이불이야. 집게 일곱 개로 집어 놨는데 바람이 심하게 많이 불어서 날아가 버렸더라. 처음엔 누가 훔쳐 간 줄 알았어. 아무튼 뭐... 미세 먼지다 뭐다 해서 나중에는 셀프 빨래방에 가서 건조기를 돌렸지. 빨래만 고시텔에서 하고. 가장 서글펐던 건 친구가 서울에 놀러 왔을 때였어. 일단 '보는 눈이 없나' 하고 살피면서 들어가는 걸로 시작하지. 다른 사람을 데려오면 안 되거든. 방음이 안 돼서 피시 카톡으로 얘기를 주고받았어. 하면서도 '이게 뭐 하는 건가' 싶더라. 그래서 작은 소망을 친구한테 말했지. "나중에 원룸으로 이사 가면 눈치 보지 말고 들어가자. 피시 카톡이 아닌 목소리로 대화하고 배달 음식 시켜 먹자."라고. 나갈 때엔 모르는 사이인 척 시간을 두고 따로따로 나갔지 뭐.

　뭐랄까. 고시텔은 일 년을 살아도 집처럼 느껴지지 않는 우울한 곳이야. 가끔 본가에 다녀오면 그렇게 착잡하더라. 비유하자면 군대에서 휴가 복귀를 하는 느낌이랄까? 난 그랬어. 이등병과 일병 시절에 정말 힘들어하면서 상병 지나면 안 그럴 줄 알았는데, 군 생활을 오래 해도 괜찮아지진 않더라. 아, 군대는 고시텔과 다르게 '익숙하고 집에 오는 것 같다'는 생각이 들긴 했네……

한번은 이런 글을 쓴 적이 있어. '난 언제쯤 '텔'을 털어 내고 원룸에 산다고 말하게 될까'로 시작하는 내용을. 고시텔을 원룸텔이라고 부르더라고. 참…… 일 년이고 이 년이고 원룸텔에서 못 벗어날 줄 알았는데. 원룸으로 이사하는 날이 오긴 하네(잠시 국가와 은행 직원 분과 전세 내주신 분과 부동산 사장님과 부모님과 이삿짐을 나르러 대전에서 서울까지 와 준 친구에게 감사의 말씀을 드립니다. 돈을 벌 수 있게 해 준 회사에도). 싱숭생숭했던 거야 뭐 성격 탓이겠지. 하룻밤 자고 나면 괜찮아지는, 그런 거야. 늘 그랬듯이. 어쨌든 묘한 감정을 풀어내려고 글을 쓰기 시작했어. 지금은 훨씬 괜찮아졌네. 살다 보면 내 마음도, 내 상황도, 더 괜찮아질 거야. 늘 그랬듯이. 내가 자주 바라듯이.

앉은 자리 왼쪽에는 옷장이 있고 오른쪽에는 냉장고와 전자레인지가 있어. 침대 위에는 에어컨이 있고, 뒤에는 싱크대와 드럼 세탁기가 있지. 냉장고는 고시텔의 그것보다 두 배나 크고, 화장실은 고시텔보다 두 배 이상 넓지. 방이야 말할 필요도 없고. 이 얼마나 행복한 삶인가. 이제 친구를 초대해서 대접하는 일만 남았다네. 참 설레는구먼.

우울한 군대 (부제: 동원 예비군)

이천십오 년 사 월 팔 일 전역. 예비군 사 년 차. 작년에 미뤘던 까닭으로 올해 삼월에 동원 미참석 훈련을 받았다. 그 뒤로 칠 개월 만에 받는 예비군 훈련. 일 년에 두 번이나 군대라니……. 가야지 뭐……. 전투복 바지 밑단에 고무링을 넣어서 매무새를 다듬는다. 윗옷까지 입고 나서 거울을 본다. 다행히 지난 삼월보다 군복이 (조금) 헐렁해졌다. 전투화는 가방에 넣고 슬리퍼를 신는다. 필요한 준비물을 넣어 둔 가방을 메고 집 밖을 나선다.

혹시나 해서 여유 있게 출발했더니 이삼십 분 일찍 도착했다. 생활관에 짐을 풀면서 생각한다. 사 년 전이나 지금이나 똑같구나. ─ 이년 차까지는 학생 예비군, 삼 년 차는 올해 삼월에 동원 미참석 훈련으로 때워서 동원 훈련은 처음이다. ─ 다닥다닥 붙어 있는 관물대와 그 앞에 누워 있는 예비군 병장들. 몇몇은 친구끼리 왔지만 대개 생판 모르는 남이다. 나도 그들처럼 눕는다. 각각의 영역 — 관물대가 차지하는 부피만큼 — 을 지키며 거의 차렷 자세, 혹은 손을 겹쳐서 머리를 받친 자세로 누웠다. 자세랄 것까지 있나. 기껏해야 다리를 꼬는 게 고작인데. 말이 없고 핸드폰도 없고 텔레비전도 없는 생활관. 난 미리 챙겨간 책《자기만의 방》을 꺼내 읽는다.

한없이 기다린다. 기다리면서 책을 읽고, 피곤하면 눈 감고 있고, 괜찮아지면 다시 책 읽고. 그러다 커다란 강당 — 훈련소에 들어갈 때 모여 앉았던 곳이 떠오르는 — 으로 가서 설명을 듣는다. 오늘은 안보 교육만 있고 훈련이 없다고 한다. 얼마쯤 설명을 듣고 동영상을 본 다음 저녁을 먹는다. 스테인리스강 식판에 밥을 담고, 김치와 적정량 담아 주는 고기반찬을 받고, 우유를 챙겨서 간다. 그동안 도시락만 먹었기에 '짬밥'을 먹어야 한다는 사실이 당황스럽다. 얼마 만에 먹는 군대 밥인가. 먹어 보니 늘 그렇듯 '군대 맛'이다. 그치. 사오 년 전에도 PX에서 냉동식품을 사 먹곤 했지.

또 생활관으로 와서 기다린다. 조교가 생활관 대표를 뽑으란다. 다른 말에는 고분고분 따르던 예비역들은 하나같이 말이 없다. 어쩔수 없이 가장 공평한 방법인 가위바위보로 정한다. 열일곱 중에서 나를 포함한 둘이 남았다. 마지막에는 내가 이겼다. 진 사람이 생활관 대표로 복도에 나갔다 온다. 불침번과 청소 구역을 정했단다. 불침번을 설 둘을 정해야 하므로 다시 한번 가위바위보를 한다. 대여섯 번을 내리 져서 불침번에 걸렸다. 조금 지나서 조교가 불침번은 한 명만 있으면 된다고 말한다. 그래서 나 말고 불침번에 걸린 사람과 재차 가위바위보를 한다. 내가 졌다. 이번에는 청소 담당을 정해야 한단다. 마찬가지로 가위바위보를 했고, 역시나 졌다.

여덟 시쯤 슬리퍼를 질질 끌고 샤워하러 간다. 비좁은 입구에는 똑같이 생긴 군용 슬리퍼가 즐비하다. 옷을 벗어 두는 곳에는 발가벗은 남자들이 빼빼이 서 있다. 정말 내키지 않지만 슬리퍼를 벗고 그들 사이로 간다. 몸이 안 닿게 옷을 벗고, 몸이 안 닿게 세면용품을 들고 들어간다. 씻고 나와서 또, 몸이 안 닿도록 조심해서 물기를 닦고 옷을 입는다. 중요 부위와 볼기가 안 닿는 것은 물론이요, 스치지도 않도록 신중에 신중을 기한다. 그렇게 옷을 마저 입고 슬리퍼가 있는 곳까지 간다. 바닥엔 물이 흥건하다. 애초에 발을 씻는 게 의미 없는 일일 테지. 옆에 붙어 있는 세면장으로 간다. 하는 생각이 거기서 거기인 듯, 대부분이 발을 씻고 있다. 나도 곧 그리한다. 어쩔 수 없잖은가.

청소는 흐지부지되고 ― '짬 됐다'고 표현하는 상황 ― 점호는 아주 간단히, 내일 일정을 알려 주는 정도로 끝난다. 밤 열 시가 되어 불을 끄고 자야 한다. 새벽 두 시에 자던 사람한테 열 시에 자라니요…….

일단은 눈을 감는다. 하릴없이 지난 군 생활을 곱씹는다. 훈련소에 들어올 적에 어땠지. 훈련병 시절에 들은 지미선의 '할렐루야'가 참 좋았지. 자대 배치를 받았을 때 어떤 선임이 말을 걸었지. 격오지에서는 어땠고, 군 생활을 하는 동안 어떤 일이 있었지. 가마득히 잊고 있던 기억이 하나둘씩 떠오른다. 선·후임의 이름과 얼굴과 성격까지도. 어렴풋할 뿐, 그립지는 않다. 생각에 생각을 거듭하며 '불침번도 짬 된 거 아니야?'라는 기대를 품을 때쯤 이전 근무자가 깨우러 온다. 한 시 근무를 설 시각이다. 무려 세 시간을 누워서 빈둥대다가 전투복으로 갈아입고 복도로 나간다. 근무 서는 사람을 위해 의자까지 준비해 뒀다. 이번에는 멍하니 앉아 있는다. 두 시 반까지 앉아 있다가 들어온다. 아마도 십 분 정도 지나서 잠들은 것 같다.

이튿날. 아침을 먹고 훈련 — 사실상 산을 오르락내리락하고 설명을 듣는 시간이 전부인 — 받고, 점심 먹고 계속 훈련을 받는다. 야간 훈련이 있어서 저녁 먹고도 훈련을 받았다. 샤워까지 끝마치고 밤 열한 시에 잘 준비를 다 했다. 그래도 오늘은 온종일 밖에 있었더니 잠은 잘 온다.

마지막 날. 대대장님의 배려로 세 시쯤 끝났다. 언제나 사람을 우울하게 만드는 군대에서 벗어난다. 그때에는 월급이 적고 핸드폰을 못 썼는데 어찌 버텼을까. 밤 열 시마다 자는 건 또 어떻게 했고. 뭐해야만 했으니 했던 거겠지. 나는 집에 가지만 현역들은 남아서 뒤처리를 해야 한다. 그러고 나서 각자 남은 날을 채워야 집에 갈 수 있다. 그들의 월급이 올랐건, 복무 기간이 짧아졌건, 핸드폰을 쓸 수 있건, 죄다 무슨 소용이랴. 물론, 잘된 일이며 달리 보면 당연하기도 하다. 그럼에도 그들이 안타깝다고 느낀다. 한창 젊은 나이에 군대에 있어야 한다는 이유 때문에. 휴전 상태임을 알고 나 역시 현역으로 복무했지만, 사실과 상념을 걷어낸 뒤에 남는 결론은 이거다.

　떠나는 사람과 남는 사람. 예비역과 현역. 훈련소 때에는 공익들이 '난 갈게 넌 개개라고 낙서해 두기도 했지. 그리고 난 잠 못 이루는 밤에 '난 후련, 넌 훈련'이라는 말장난을 떠올렸다. 막상 동원 훈련이 끝나도 그다지 후련하지 않다. 군대라는 공간이 날 울적하게 만들었고, 이런저런 생각에 어딘가 찝찝하기까지 하다. 내가 있는 생활관을 담당한 조교가 이런 말을 했다. 내년에는 상병인가 병장 월급이 사십만 원으로 오른다고. 좋아하던 모습이 눈에 밟힌다. 내년 오월에 전역한다고 했던가. 지나고 나면 금방이겠지. 전역하면 하루하루가 더 빨리 가고. PX를 이용할 수 없어서 먹을 걸 못 사 준 게 아쉽네. 왜 안 열어 준 건지. 아, 빌어먹을 군대여.

부딪히고 싶지 않은 사람들:

시월 칠 일. 영등포역 지하상가에서 늦은 저녁을 먹고 나오는 길. 앞을 막아선 남자 하나와 여자 둘이 안녕하시냐며 말을 건다. 그런 사람들이 대개 그렇듯, 세상 친절한 표정으로. 어차피 들어도 모르는 '무엇' 때문에 설문 조사를 부탁드린단다. 그냥 가려 했으나 나도 모르게 망설였다. 즉시 틈새를 파고든다. 오래 걸리지 않는다며 핸드폰을 내민다. 열 가지 항목이 있다. 가족, 취직, 앞날, 성격, 연애, 취미 따위에 걱정거리가 있나 없나를 고르란다. 잠시 살펴보는데 몇 살인지 물어본다. 스물일곱이라고 말했다. 곧바로 모든 항목에 체크하니, 가장 먼저 연애와 관련해 뭐가 고민인지 묻는다. 왜 그런지를 말해 달란다. 생판 처음 보는 남이 나이를 묻고, 어떤 것이 고민인지 아닌지 묻고, 그 까닭이 무엇인지를 인파로 뒤덮인 상가 한복판에서 캐묻는다. 무례하다고 느꼈다. 내가 어떤 이유로 연애가 고민인지를 이들에게 왜 말해야 하나. 부러 시계를 확인하는 모습을 보이니 바쁘냐고 묻는다. 그렇다고 했다. 어쩔 수 없다는 식으로 말한다. 더는 신경 쓰고 싶지 않아 빠져나왔다. 그들은 자기들이 들이미는 질문을 어떻게 받아들일지 헤아리지 못하고, 그저 목적을 달성하는 데 급급해 보였다.

종이든 태블릿이든 핸드폰이든 얼굴이든, 불쑥 내밀고 보는 사람들. 초등학교 저학년 시절 놀이터에서 만난 할머니. 스물네 살쯤 버스 터미널에서 만난 할아버지. 대전역에서 마주치는 할머니. 스물세 살에 막노동하면서 만난 아저씨. 스물네 살 때 통신사 대리점 앞에서 만난 여자. 스물세 살쯤 서대전역네거리 근처에서 만난 남자. 번화가에서 자주 마주치는 여자 둘 조합. 가끔 길에서 만나는 하나님 믿으라는 사람. 이번 연도에 고속도로 휴게소에서 만난 여자. 끝으로 몇 달 전에 만난, 이삼 분 사이에 마주친 선교 활동하시는 분들. 더 있겠지만 당장 떠오르는 건 이 정도다.

1. 스물네 살쯤 통신사 대리점 앞에서 만난 여자

난 길의 오른쪽 끝에 붙어서 가고 있고 그 여자도 같은 쪽에 있다.

말을 걸지 않았으면 하는 마음에 여자를 피해 가려고 대각선으로 걸어간다. 나를 본 여자가 다가온다. 말을 건다. 무시하고 지나치려 한다. 건물에 막혀서 피할 곳이 없다. 여자는 얼굴이 닿을 정도로 상체를 들이민다. 손을 들어 여자의 머리를 막는다. 사실상 밀어내는 모양새다. 여자와 남자(여자와 같은 통신사 대리점 유니폼을 입은)가 크게 웃는 소리가 들린다. 심장이 빨리 뛴다. 끝끝내 떨쳐 내지 못해서 여자의 머리를 밀어낸 게 웃긴 걸까. 도망치는 꼴이, 여자가 머리를 밀렸다는 점이 재밌는 걸까. 아니면 단지 내 반응이? 조롱거리가 됐다는 생각밖에 들지 않았다.

2. 스물세 살쯤 서대전역네거리 근처에서 만난 남자

어느 대학에서 나왔다고 했던가. 정장을 빼입은 남자가 말을 건다. 자세히는 기억 안 나지만, 여자 하나님인가 예수의 존재를 아냐고 물었던 부분이 생각난다. 몇 마디 듣다가 바빠서 가야 한다고 말했다. 여전히 자기 할 말만 내뱉으며 따라온다. 표정을 굳힌 채 짧게 대답해도 아랑곳없다는 태도다. 남자가 서 있던 곳에서 지하철역인 서대전네거리역까지, 삼사 분 이상을 줄곧 쫓아온다. 두려움을 느끼며 '설마 지하철 타는 곳까지 쫓아오나?' 걱정한다. 다행히 계단을 내려가기 시작하자 포기하고 돌아간다. 사람 좋은 웃음을 띠며 "안녕히 가세요."나 "들어가세요."라고 했던가. 겉으로 보이는 모습만 친절하면 끝이라고 치부하는 걸까. 나에게는 그 사람의 모든 게 폭력으로 다가오는데. 태블릿을 품에 안고 진득이 달라붙었던 남자는 사년 지난 지금 떠올려도 진저리가 난다.

3. 이번 연도에 고속도로 휴게소에서 만난 여자

유니세프 유니폼을 입고 있는 여자가 말을 건다. 잠깐만 들어 달라고 간곡히 말해서 거절하지 못했다. 스티커를 붙여 달라기에 그렇게 해 줬더니 하이파이브를 하자고 손을 내민다. 이어서 "한 달에 얼마씩만 후원해도 아프리카에 사는 사람들…"이라며 본론으로 넘어간다. 이 이상 들어 줄 생각이 없으므로 자리에서 벗어났다.

유니세프니 구세군 자선냄비니 뭐니 하는 것들을 잘 모르겠다. 그들의 주머니로 들어가는지, 아니면 정말 전달해 주는지. 설령 전달해 준다 한들, 받은 돈 중 얼마를 그리하는지. 좋은 뜻으로 한다는 건 알겠다. 다만 선택 사항을 의무처럼 강요하지 않았으면 좋겠다. 솔직히 말하면 기부 단체들을 못 믿어서 그런 점도 있다. 하여튼 형편이 되면 일대일로 후원하고 유기견과 유기묘를 입양해서 돌볼 예정이다. 어련히 알아서 할 테니 내버려 두기를 바란다.

4. 몇 달 전에 만난, 이삼 분 사이에 마주친 선교 활동하시는 분들

교회 앞에서 나이 있으신 분들이 선교 활동을 하신다. 그중 한 사람이 다가와 티슈를 들이밀며 'ㅇㅇ 교회'에 나오라고 하신다. 지나친다. 골목을 돌아서 가던 중에 아주머니가 다가오신다. 'ㅇㅇ 교회'가 적힌 포장지로 감싼 티슈를 내미신다. 그대로 지나친다. 횡단보도에 다다르자 아저씨가 다가와 'ㅇㅇ 교회'의 티슈를 들이대신다. 말없이 눈을 빤히 쳐다보니 손을 거두고 있던 자리로 가신다. 불과 이삼 분 사이에 마주친 세 분 모두 같은 교회 사람이다.

초등학교 저학년 때엔 이런 일도 있었다. 놀이터에서 노는데 모르는 할머니가 부르셔서 갔더니, '하나님을 믿어라, 교회에 다녀라'라는 얘기를 한 시간 동안 늘어놓으셨다. 지루하고 벗어나고 싶어서 괴로웠다는 것만 기억난다. 이 외에도 길을 가다가 '하나님을 믿어라, 교회에 다녀라'라며 뭔가를 나눠 주는 사람과 마주친 경험도 수십 번은 된다.

고등학생 시절엔 야자를 하며 창밖으로 보이는 붉은 십자가가 얼마나 되나 세 보곤 했다. 가끔은 '십자가가 많을까 편의점이 많을까'

생각해 보기도 한다. 내게 선교 활동을 하는 사람들이 교회에서 뭘 하든 안 궁금하며 알고 싶지도 않다. 마찬가지로, 그들도 내게 관심 두지 말고 교회에 다니라고 강요하지 말았으면 좋겠다. 그들이 그럴수록 거부감만 든다는 걸 모르는 걸까.

5. 내버려 두지 않는 이런저런 사람들

번화가에서 여자 둘 조합으로 "시간 괜찮으세요?"라고 묻거나 "인상 좋으세요~"라며 다가온 게 수십 번이고(도를 부르짖는 목소리), 자정쯤 기차역에서 할머니들이 성매매하고 가라며 말 거시는 건 흘려 넘긴 지 오래다. SNS에서는 온갖 홍보하는 사람과, '좋은 차를 몰며 별의별 상을 받고 잘나가는' 재무 설계사가 팔로잉한다. 스물세 살엔 막노동하다가 알게 된 아저씨가 '조상님 업보'가 어쩌니 떠들며 '정성을 들여서 제사를 지내야 하는 곳'으로 데려갔다. 버스 터미널에서 만난 할아버지가 의사를 사칭하며 삼만 원을 뜯어가신 적이 있고, 스물다섯 살엔 같은 학과에 다니는 형이 "우리 같이 십억을 벌자."라며 다단계 회사에 데려가기도 했다. 이 밖에도 홍보하고 광고하는 블로거가 댓글을 남기고 이웃 추가할 때가 잦으며, 블로그를 대여하거나 판매하라고 연락하는 사람도 수십 명이 넘는다. 스팸 문자와 전화 그리고 메일은 말할 필요도 없겠지, 아, 요즈에는 유튜비나 아프리카TV BJ가 거리에서 핸드폰을 들이밀며 인터뷰 해 달라고 하더라.

흩뿌려지는 눈은 바닥에 녹아들고

네가 내뱉은 연기는 내 폐에 쌓인다.

길의 오른쪽으로 줄지어 걸어가면서 담배 피우는 남자 셋을 보며

'한쪽으로 피해 주는 게 나름대로 배려하는 걸까'

비켜선 채로 생각한다.

네가 지나가기를 기다렸다가 걸음을 옮기지만 냄새는 지워지지 않

았다.

눈이 그친 뒤 다 녹기를 기다리는 일처럼 미련한 짓이겠지.

나는 왜 네가 남긴 흔적과 맞닥뜨려야 할까.

무신경한 눈과 연기를 들이마시는 코와 들이켰다가 내뱉는 입까지.

담배를 피우는 순간의 네 모든 게 아니꼽다.

나만 피곤한 걸 알기에 신경 쓰지 않으려고도 해 봤다.

하나 네가 내뿜는 연기가 나도 모르는 새 불쾌함을 불러일으키더라.

자주 생각한다.

등교하는 초등학생 뒤에서 담배를 피우며 걸어가는 아저씨에게도

저만한 자식이 있지 않으실까.

자전거를 타면서 담배를 피우는 저 아저씨는 도대체 왜 저러시나.

함부로 버려진 꽁초와, 뱉는 소리가 듣기 불쾌하며 보기에 더러운

가래침은 대체.....

됐다. 그만두자.

신호등 앞에서. 횡단보도에서.

출근길에. 병원 앞에서. 번화가에서.

내가 걸음을 옮기는 곳이라면 그 어디든.

가히 흡연 천국이라 일컬을 수 있을 듯하다.

한겨울이 머지않았다.

하늘에서는 눈이,

138

거리 곳곳에서는 연기가,

흩날린다.

자본주의만세, 자본주의만만세

열일곱~열아홉 살 때엔 일주일 용돈이 만 원이었다.

마지막 학년에는 만 오천 원으로 올랐던가.

서울에 가려면 일주일 동안 한 푼도 쓸 수 없었다.

다시 대전에 와야 하니 한 주를 더 독하게 참아야지.

가서 숨만 쉬고 오나? 사람 만나서 밥 먹고 여기저기 다니고.

그러면 또 두 주를 빈털터리로 살아야 한다.

한 달을 참아서 비싼 하루를 보내곤 했다.

그랬던 내가 사회생활을 한다.

빚 드는 집을 위해 빚을 내고 원금과 이자를 갚는다.

학자금 대출도 갚고, 하고 싶은 공부 하고, 책 사고, 혼자 술 먹고.

며칠 전에는 십오만 구천 원씩이나 하는 갤럭시 버즈도 샀다.

아, 이번 추석에는 부모님께 십만 원씩 드릴 예정이다.

자본주의 만세올시다.

나보고 운이 없단다.

전에 있던 직원은 몇 달 안 있으면서 많은 걸 누렸단다.

휴가는 휴가대로 가고 명절 상여금도 받아먹고.

근데 나는 휴가는 있지만 상여금이 없다.

이런 데는 처음 본단다. 저도 똑같아요. 정직원도 처음이고요.

괜찮아. 나중에 상여금 주는 곳으로 가면 더 기쁠 테니깐.

여하튼, 내가 오기 전엔 밥도 많이 사 줬단다.

한 번 들을 때에는 그러려니 했는데, 여러 번 들으니 짜증이 난다.

불쌍하다고 말하고 싶은 거야 뭐야.

나에게 운이 없다는 걸 여러 번 얘기해서 어쩌자는 건데.

그나저나 집에 돈이 많았다면 어땠을까.

돈만 많은 사람은 관심 없고, 부유한 '예술가'들을 보고 이런 생각이 들었다.

음악 하고 글 쓰고 그림을 그리는 자유로운 영혼들.

날아가는 돈과 시간이 조금은 줄었을까.

원망한 적은 없다. 한 번도. 그저 눈치 보면서 안 썼을 뿐.

다만 보증금 오백이 없어서 고시텔에 살아야 했을 땐 착잡했다.

뭐, 다 지난 일이고. 예나 지금이나 그릇에 맞게 살아가려 할 뿐이다.

혹시나 과소비할까 봐 신용 카드를 안 만들고.

월급 받으면 용도에 따라 나눠서 저축하고.

그러고 남는 돈으로 생활하는 거지.

야근하다가 꽂혀서 써 봤다(야근 수당은 없음).

자본주의만 만세올시다.

덧붙이는 말.

일 더하기 일이 무엇인지 아는가?

정답은 야근이다.

그래서 내가 지금 회사에 있지.

피로와 멀미와 카페인과 설렘 들이 한데 섞였다.
울렁이는 마음으로 떠오르는 대로 글을 쓴다.

나는 그의 팬인가.
그의 목소리와 음악을 좋아하니 그렇다 말할 수 있겠지.
오늘 가수 정희경이 나오는 '슈가맨 3'을 보러 룸 카페에 다녀왔다.
여덟 시쯤 도착했기에 '1박 2일'과 '놈놈놈'과 '동물농장'을 보며 시간
을 보냈다.

그러다 아홉 시가 되고. 곧바로 나와서 노래 부르는 그를 보며.
'Y(Please Tell Me Why)'와 '틈 CREVASSE (Sitar & Tabla)'를 듣고.

말하는 목소리를 들으면서.

한 사람이 미치는 영향을 생각하게 됐다.

그가 얘기한 내용 중 세 가지가 기억에 남는다.

스노보더가 연습할 때 'Y'만 들었다는 것.

어떤 가수의 영향을 많이 받았다는 말.

사실은 'Y'를 피해 왔다는 고백.

한 가수의 노래를 듣는다는 건 어떤 뜻을 갖는가.

난 그의 음악을 들으면서 'Y'와 '틈'의 차이를 알아차리지 못했는가.

아주 다르다고는 느꼈다. 그러나 거기까지였다.

그런 줄도 모르고 난 'Y'만을 참 많이 말해 왔구나. 바보 같은 자책도

한다.

그가 다른 가수로부터 영향을 받았듯이 나는 정희경이라는 사람에

게 영향을 받았다.

그가 부른 노래를 듣고.

작성한 글을 읽고.

참여한 전시에 가 보았다.

사실 난 연예인에게 관심이 없다.

고등학생 때 어느 가수를 좋아하면서도 '사람 대 사람으로 가까워지고 싶다'고 바랐다.

연예인이 방송에 나와서 무엇을 해도 '일을 한다'는 생각이 든다.

자영업자나 전문직에 있는 이나 회사에 다니는 사람이나,

어떻게 보면 연예인과 무슨 차이가 있을까.

살고자 하는 일인데. 다만 분야가 다르며 관심을 원하는 정도의 차이가 있을 뿐인데.

티브이나 유튜브를 가까이하지 못하는 까닭도 이 때문이다.

그렇기에 정희경이라는 예술가를 좋아하게 됐는지도 모른다.

그가 걸어온 길이 (자세히는 모르지만) 어떤 면에서는 내 삶과 닮지 않았나 해서.

나 역시 그처럼 살아가고 싶어서.

작년 오뉴월부터 지금까지.

그를 만나고 싶다는 생각을 참 많이 했다.

'왜 만나고 싶어 할까', '단지 만나고픈 게 전부인가'

그런 질문을 던져 보기도 했다.

그가 나온 방송을 보고 나서는 머릿속이 조금 복잡해졌다.

내가 많이 부족하구나.

문화와 많은 대상에 관심이 없고 잘 모르는 내게 실망하면 어쩌지.

그와 만나는 일이 걱정되기도 한편으로는 불안하기도 하다.

그의 SNS를 보니 어떤 사람이 악성 댓글을 남겼다.

예상치 못한 반응에 마음이 아프면서도 왜인지 우스웠다.

방송의 힘이 무섭구나. 몇 마디 안 되는 말에 앞뒤 사정 모르고 악담
을 하는구나.

그걸 보는 당사자는 기분이 어떨지. 자신이 남긴 말이 어떤 무게를
갖고 영향을 주는지.

알긴 할까.

마주 보고도 같은 얘기를 할 수 있을까.

티브이에 나온 사람이니깐. 어찌 보면 유명하니깐. 함부로 말을 해
도 된다고 생각하는 걸까.

씁쓸할 따름이다.

음악 하는 그를 응원한다. 예술가로서 살아가는 그를 보며

'작가가 되는 것이 아닌, 작가로 사는 것을 목표로 해라'라는 조언을 떠올린다.

그리고 내가 갈 길이 멀다는 현실 역시도.

몽록[夢錄]:

꿈을 꾸다

상사병처럼. 그리고 지독한 짝사랑처럼 그는

낯섦과 간절함으로 내 앞에 나타났다.

근본적인 곳에는 자격지심이 자리 잡고 있는지도 모른다.

시종일관 나 따위는 관심도 없다는 태도에 상처받았지만

그런 일마저 사치로 느껴질 만큼 함께 있다는 점이 좋았다.

우리가 있던 곳은 도보 위. 서울로 추정된다.

주위가 어두운 것으로 보아 늦은 저녁이거나 밤인 듯하다.

주변에 사람이 많이 있었지만 우리에게 관심은 없었다.

(그들은 시간이 지남에 따라 서서히 줄어들었다.)

그를 조금이라도 더 보고픈 마음 때문이었을까,

걷는 내내 내 위치는 그의 옆 혹은 뒤쪽이었다.

한참을 걸으며 생각했다.

사람들이 모여 있는 버스 정류장을 지나고

신호등을 지나치고 말없이 걸어가며 생각했다.

뭐라고 말을 걸까. 번호를 알려 달라고 할까?

글을 선물하기 위해서 이메일을 알려 달라고 할까?

다가가기 힘든 분위기를 풍기는 모습은

차가운 배역을 맡은 영화 속 주인공을 떠올리게끔 했다.

결국 시답지 않은 질문을 하나 했으나

차이다시피 짧은 대답을 들었던 것으로 기억한다.

다가온 말의 무게는 내가 그를 생각하는 밤보다 무거웠다.

그 후에 우리는 백화점 일 층 로비로 들어갔다.

일행은 먼저 올라가 있고 나 혼자 뒤늦게 따라가고 있었다.

그러나 그는 곁에 남아 있지 않았다.

습격자

낮인지 밤인지는 분명하지 않다. 도로 위에서 차를 타고 가고 있다. 동승자 없이 혼자다. 누군가에게 습격당한다. 잠깐 멈춘 사이에 그랬는지, 달리던 중에 오토바이를 타고 와서 그랬는지는 모르겠다. 낯선 이는 운전석 쪽 문을 열었다. 그때 잠시 보였던 내 차의 문은 검은색. 몇 초간 습격자의 시선으로 전환됐다. 앉은 채 두세 차례 찔렸던가. 상반신의 왼쪽을 깊이 찔렸던 일이 인상 깊게 남아 있다. 날 찌른 사람은 이십 대 중·후반 남성으로 추정된다. 그는 어두운 계열의 옷을 입고 있었다. 곧바로 정신은 아득해지고 얼마 안 가 의식을 잃었다.

눈을 뜬 곳은 어느 집 안의 침대 위. 누군가에 의해 옮겨졌거나 게임에서 죽은 뒤에 초기화된 듯이, 장면은 침대 위에서 시작된다. 꿈

속에서 내가 사는 집. 찔릴 때부터 느껴졌던 통증은 계속되고 있다. 텅 빈 감각. 적막감. 격리된 느낌. 곧이어 든 낯섦. 그 위로 살기 위해 발버둥 치려는 의지가 한 발짝 늦게 찾아온다. 불분명하며 몽롱하니 죽음을 불러일으키는 통증. 혹여나 상처가 벌어질까 봐 걱정돼 움직이는 데 제약이 따른다. 벽과 가구의 색. 이것들을 어떻게 표현해야 할까. 흰색이나 검은색은 아니다. 상아색과 비슷하면서도 회색같이 색이 '죽어 있는' 느낌이 든다. 침대 위는 깨끗하다. 마치 숙소에 있는 침구가 새로 세팅된 듯이. 가족과 함께 사는 집이지만 그들은 여기에 찾아오지 않는다. 아무도 말해 주지 않았지만, 내가 곧 죽는다는 사실처럼 정해진 운명으로서 인식된다. 잠에서 깨어난 순간부터 집에서 가족의 흔적과 그들이 있을 공간이 지워졌음을 느낀다. 이 공간에 오는 게 어울리지 않으며, 단 한 번도 방문한 적이 없음을 깨닫는다. 내 존재와 정체 모를 이질감만이 방 안 한가득하다.

정말 죽는 걸까. 언제 죽으려나. 가족은 어디에서 뭐 하고 있을까. 내가 이러고 있는 걸 알긴 할까. 마지막으로 뭘 해야 하나. 생각은 정리되지 않았는데 시간은 얼마 안 남았고 해야 할 일은 쌓여 있다.

한동안을 어영부영 보낸다. 잠시 후 정리되지 않은 머릿속을 뒤로 하고 핸드폰을 집어 든다. 카카오톡이었나 아니면 다른 SNS였나. 나를 아는 누군가 혹은 모두에게 남길 글을 쓰기 시작한다. 네다섯 줄까지 썼던 게 기억난다.

　배경이 바뀌었다. 장소는 그대로이나 분위기나 흐름 따위가 달라졌다. 불현듯 떠오르는 이미지와 창문으로 많은 것이 보인다. 그것들은 굉장히 사실적이고 잔인하며 혼란스럽다. 표정이 생생한, 머리는 멀쩡하지만 몸이 여러 개로 토막 난 여성의 시체. 순식간에 지나가서 무엇인지 기억나지 않는 괴이한 현상. 그렇게 의미 모를 많은 영상이 지나간다. 꿈속에서도 꿈을 꾸는 기분이다.

　다시 도로 위에서 차를 타고 간다. 찔리기 전으로 되돌아갔거나, 그저 똑같은 상황에 놓여 있거나. 여태까지 겪었던 모든 것을 기억한다. 찔렸던 곳의 통증은 여전하나 상처는 사라졌다. 같은 도로, 같은 차. 되감기를 하고 재생하는 듯한. 내가 있던 곳은 오른쪽 도로이고 주변을 보니 시내이거나 일반 도시였던 것 같다. 차의 오른쪽에 빼곡히 주차된 차와 함께 건물들이 들어서 있던 게 기억난다. 어쨌든, 습격자가 찾아오기 전에 다급히 브레이크를 밟는다. 서둘러 주차돼 있지 않은 도로의 가장자리 쪽으로 차를 멈춰 세운다.

　통증은 잠에서 깨고 나서도 오랫동안 지속됐다.

무연한 바다. 어두운 하늘 아래에 일행과 함께 있다. 그러다 보이지 않는 현상 때문에 나 혼자만 그들과 떨어졌다. 정확히 어떤 건지는 모르겠다. 한참을 '바람 비슷한 힘'에 떠밀렸다. 과정은 생략된 채 그랬다는 사실만 기억을 가득 메운다. 정신을 차리니 물속에서 육지로 옮겨진 상태. 몸에는 상처 하나 없다. 자연재해도 아닌데 뭘까. 바람이 의지를 가지고 날 이리저리 움직여서 데려다 놓은 것 같다. 어쨌든 원래 있던 곳에서 상당히 멀어졌다. 체감상 5km 이상. 걸어서 한 시간은 더 이동해야 하는.

난감하다. 물속에 있었기에 맨몸이어서 연락할 길이 없다. 일단은 걸었다. 걷다 보니 사람 목소리가 들린다. 목을 보니 무전기가 걸려 있다. 버튼을 누르고 바람에 휩쓸려 엉뚱한 곳에 오게 됐다고 전달

한다. 상대방이 한 말은 기억나지 않는다. 내 입에서 나온 말은 뇌리에 남아 있지만, 저편에서 한 말은 무전기에서 흘러나온 순간 흩어졌다. 나의 이동을 알린 후 계속 걸어간다. 죽어 있는 도시에 홀로 남겨진 듯 주위의 모든 풍경이 새까맣다. 하늘도. 길도. 건물도. 바다도. 정확한 시간은 알 수 없다. 조금 전에 일행과 있었던 점으로 보아 늦어도 저녁 일곱 시 정도일 테다. 그러나 인적이 끊기고 차로가 텅 빈 지금은 밤과 새벽의 경계선에 놓인 것처럼 느껴진다. 애초에 시간이 의미 없는지도 모르겠다.

바닷가를 걷는다. 왼쪽으로는 바다가 오른쪽으로는 도시가 자리잡았다. 도시에서 바다 쪽으로 이동하면서 본 건물들이 인상 깊다. 단 한 번도 사람의 손길이 닿은 적 없다는 듯이 완성된 건물. 나를 둘러싼 공간이 어둡지 않고 까맣다.

다시 무언가로부터 멀어졌다. 교실의 형태를 한 회사 안에 있다. 내가 앉아 있는 곳은 사무실의 오른쪽 맨 뒤 정도. 시계를 보니 오후 다섯 시 오십오 분. 바깥도, 교실 안도, 노후한 조명을 켠 듯이 어둡다. 둘러보니 자리 몇 곳에만 짐이 있다. 야근할 분위기다. 무언가 펼쳐 있는 책상 하나를 보며 선배님이 야근하시겠구나... 하고 짐작한다.

내 왼쪽 혹은 왼쪽 대각선에 있는 (아마도) 동기가 말을 건다. 원래

도와주려 했으나 바빠서 그럴 수 없게 됐다고 말한다. 난 알겠다고 대답했으나. 잠시 후 부장님이 앞문으로 들어오신다. 외근을 마치고 들어오신 모습이다. 곧바로 '아직 여섯 시 삼십 분이 안 됐는데 다른 선배님들은 대표님이 안 계셔서 먼저 가신 건가'라는 생각이 들어온다. 나도 집에 가고 싶어진다.

이사

하늘은 맑고 기온은 적당하다. 선선함의 유무는 알 수 없으므로 섣불리 가을이라 말하기 어려운 날씨. 초여름쯤이지 않을까. 각인된 지난날의 행복을 추억하듯, 나를 둘러싼 모든 것이 선명하고 푸르다.

경기도나 강원도. 혹은 경상도일지도 모르는. 도심에서 떨어진 외진 곳으로 집을 보러 왔다. 담과 대문이 없는 일 층짜리 단독 주택. 꽤 크고 근사하다. 그러나 곧바로 이상한 점을 찾아낸다. 마당 끝에 길로 오르는 계단이 있으며 그 계단과 길 사이의 높이가 꽤 높다. 계단에 올라가면 기계가 작동해서 위로 올라가는 구조. 이 계단을 이용하지 않으면 집에서 벗어날 수 없다. 신기해하며 불편하지 않을까 하고 잠시 걱정한다.

얼마 후 집의 오른편을 기웃거린다. 가장 먼저 눈에 들어오는 수세식 변기와 수도꼭지. 벽은 낡아서 군데군데 시멘트가 벗겨져 있고 바닥은 흙과 먼지로 인해 지저분하다. 차고도 창고도 아닌 목적을 알 수 없는 공간. 조금 전에 한, 서둘러 이사 오고 싶다는 기대가 무색해질 만큼 초라하고 실망스럽다.

다시 시선을 가져왔다. 빈집처럼 보이지만 그래도 들어가면 안 되겠지? 혹시 들어갈 수 있나? 하고 생각하는 순간, 처음부터 옆에 있었는지 모를 삼십 대 중·후반의 남성이 나타났다. 정확히 말하면 존재감이 부여됐다.

부동산에서 온 사내가 등장한 후 우리는 집 안으로 들어왔다. 빠짐없이 방을 확인해 보지만 넓은 곳은 하나도 없다. 지금 사는 아파트와 비슷하거나 오히려 훨씬 좁은 느낌. 거듭 실망하며 문을 닫고 나온다. 그리고 옆을 보는 순간 풍경이 바뀌었다. 아직 공사가 한창인 듯한 빈터. 리모델링 중인 걸까. 아니면 미처 발견하지 못한 공간의 연장일까. 경황이 없어 이질적인 느낌은 어물쩍 넘어간다.

드러난 사물과 구조물의 윤곽이 불분명하다. 몽롱함 속에 상식의 어그러짐도 흐리멍덩하게 넘어간다. 눈에 담기는 모습도 마찬가지다. 어느새 집 안은 인테리어까지 완성된 형태로 바뀌어 있었다. 하지만 의문은 일절 없이 기뻐한다. 불과 몇 분 전의 좁은 방과 새로 생긴 공터가 사라졌다. 주변이, 어쩌면 장소가 통째로 바뀌었는지도 모른다.

각각의 공간이 내가 바라는 만큼 넓다. 처음에 들어간 방은 이상적인 넓이였고 두 번째로 들어간 데는 이전의 그것보다 넓었다. 그런 방이 두세 개쯤 있었나. 속이 탁 트일 만한 크기의 창문이 무엇보다도 선명하다. 그 너머로 본 사위가 어두워진 바깥 역시도.

아마도 내 방이 될 곳에 있던 도중 떠날 때가 됐다. 조금 더 머무르고 싶어 사내에게 뭐라 말을 건넨다. 그의 키와 얼굴은 어렴풋이 기억나는데 대화 내용은 짐작조차 어렵다. 이후의 상황도 마찬가지다.

띄엄띄엄 기억에 남아 있는 장면이 있다. 우선 집 한가운데에 있는, 지하로 이어진 계단. 계단이 꽤 깊고 내려다보이는 지하의 통로역시 자못 길었다. 다음으론 창문을 통해 본 풍경. 분명 아파트 사오층 이상에서 보는 높이였다. 마지막으로 기억나는 건 이사 오는 시기에 관한 것이다. 난 학교 문제 때문에 일 년 뒤에나 이 집으로 올수 있고, 나를 제외한 가족은 육 개월 뒤에 오기로 예정돼 있었다.

아내가 사라졌다

    몸을 일으킨다. 방 안의 형태가 어슴푸레 보인다. 새벽 두세 시의 밤이 깊어가는 시각. 어둠에 익숙해지자 자리를 확인한다. 혼자 쓰기엔 넓은 침대. 잠시 후 옆자리가 비어 있다는 데 생각이 미친다. 누구지. 아, 아내가 있어야 할 자리구나. 잇따라 결혼식이 있었던 며칠 전이 떠오른다.

    우리는 실내에서 식을 올렸다. 난 긴장한 탓에 말을 더듬었고 그 외에는..... 양가 부모님도, 주례도, 하객도, 신혼여행도, 아무것도 기억나지 않는다. 심지어 아내의 얼굴까지도. 나 혼자 텅 빈 결혼식장에 서 있다가 돌아온 것 같다. 아니면 그때의 일만 머릿속에서 도려냈거나.

    몽롱하다. 현실감은 아직 자리를 못 잡았다. 오늘이 무슨 요일이지. 결혼식이 언제였지. 얼마 안 됐을 텐데. 며칠이 지났는지 가늠하기 어렵다. 아내는 종적도 없이 사라졌다. 자리를 비운 건 아니다. 어디에서도 아내의 흔적이 느껴지지 않는다. 거실로 나가 어머니에게 말씀드린다. 아내가 자취를 감췄다고. 어디로 갔는지 모르겠다고. 어머니는 방법이 없지 않냐고 하신다.

서둘러 핸드폰을 손에 쥔다. 그의 카카오톡 프로필 사진을 클릭한다. 확대되며 변경된 사진으로 나타난다. 그가 언니와 어머니와 함께 찍은 사진. 잘 지내고 있는 걸까. 도망친 걸까. 아니면 납치당한 걸까. 난 결혼하자마자 다시 혼자가 되는 걸까.

핸드폰에 남아 있는 연락처로 전화를 건다. 신호가 가는 듯하다가 안내 멘트가 나온다. "고객님의 전화기가 꺼져 있어 '삐' 소리 이후 음성 사서함으로 연결됩니다……."

전차가 황량한 거리 위를 굴러간다. 사이드 브레이크가 풀린 차를 밀고 가듯 느리게, 느리게 간다. 기척은 없다. 기계 소음도 들리지 않는다. 같이 있는 여자와 나밖에 안 보인다. 여자는 전차에 실린 기관총으로 사방을 경계하고 있다. 그러다 옆에 놓인 형체를 알아볼 수 없는 시체에 손을 댄다. 여자의 친오빠라는 사실을 차마 말해 주지 못한다. 여자가 시체의 헬멧을 벗긴다. 붙어 있는 살점을 떼어 낸 다음 빤히 내려다본다. 앞선 마음에 여자에게 무어라 위로하는 말을 건넨다. 그다지 신경 쓰는 것 같진 않다. 여전히 길은 한산하다. 종말을 맞이한 세상처럼 사람이 아주 사라졌다. 피와 긴장감이 뭉개지고 한데 뭉쳐져 녹아든 듯이 어둡고 불쾌하다.

잠시 기억이 끊겼다. 다가오는 위험에 전차를 뒤로하고 도망간다.

얼마 못 가 멈춘다. 앉아 있는 나를 간신히 가릴 만한 크기의 빈 상자를 몸 앞으로 옮긴다. 조금만 비스듬히 보면 들킬 것 같다. 여자는 내 뒤에 있었던가. 아마도 한순간에 자취를 감추었다. 심한 긴장 탓에 힘이 잔뜩 들어간다. 의지와는 반대로 몸이 움직이려 한다. 행여 소리가 날까 봐 더 조심하며 몸을 가눈다. 그리고 헤아릴 수 없이 긴 세월을 건너뛴다.

다시 여자가 보인다. 반갑다. 둘 다 숨어 있던 그대로 바닥에 뿌리 박혔다. 마인크래프트처럼 여남은 개의 격자무늬로 된 구역이 오고 갈 수 있는 전부다. 내 걸음이 닿는 한계와 여자의 영역이 떨어져 있어 닿을 수 없다. 여자에게 다가가려고 하니 우리를 둘러싼 공간이 실제보다 몇 배나 커졌다. 구역이 넓어졌으며 여자와 난 싸이월드의 미니미 캐릭터처럼 모습이 바뀌었다. 우리는 마침내 만났고, 각각의 범위가 하나로 더해져 주변 환경이 됐다. 반가움은 얼마 안 가고 걱정되기 시작한다. 이 시간이 끝없이 이어지면 어떻게 하지. 이러다 서로가, 더 나아가 모든 게 지겨워지면 어떡하지.

어디를 보아도 희다. 천장과 벽과 발밑이 그러하며 온통 과하게 밝다. 지나치게 선명하다. 차라리 시꺼먼 게 나을 텐데. 흐릿하고 죽은 듯 살아가는 게.

"어쩌면 지수 씨는 우울을 자양분 삼아 글도 쓰고 살아가는지도
몰라요."

늦어지기 전에 매듭짓는다. 느슨한지, 아니면 나름 잘 조여졌는지
는 긴 시간을 두고 지켜볼 일이다. 여러 전환점을 지나 이 순간에 이
르렀다. 내 책'이라는 두 글자는 기쁨에 앞서 걱정과 두려움을 한데
섞은 무게로 다가온다. '이제는 예전과 다른 글을 더 책임감을 느끼고
써야겠다'는 생각이 든다.

눈 몇 번 깜빡이면 서른이 돼 있을 것 같다. 그러다 보면 마흔, 쉰, 예
순이……. 불현듯 궁금하다. 난 언제까지 살아 있을까. 어떤 문장을
쓰고 있을까. 결혼은 했을까. 여전히 '왜 살아야 하나' 하고 헤매고 있

을까. 지금으로선 알기 힘들다.

밤을 지나 새벽이 오고 아침을 맞이한다. 음울한 감정도 얹히는 빛 따라 밝아지며 옅어진다. 휩쓸리지 않고 가만히 바라본다. 나를 뒤흔드는 불안정함이 연거푸 찾아왔구나. 익숙하게 받아들이며 그러안는다. 괜찮아질 테다. 괜찮을 수 있다. 괜찮다. 밀어낼 수 없으니 안고 살아가자. 다시금 해가 지면 되살아나겠지. 아득한 낮이 괴로워질 수 있겠지. 하릴없이 되풀이되는 일이라면 적응할 길을 찾자. 내가 살아남을 방법을. 아마도 볼펜을 쥐는 거겠지. 무책임하게 놓아 버리지 말고 원동력 삼아서 글을 쓰자. 쓰고 또 쓰자. 무뎌질 때까지. 조금이나마 괜찮아지는 날까지.

이문열 《아우와의 만남》
이문열의 소설을 다 읽었다 해도 이 책에 수록된 작품들을 읽지 않고는 결코 이문열 문학을 논할 수 없다!

박범신 《겨울강 하늬바람》
영원한 청년 작가 박범신이 혼신의 힘을 다해서 쓴 이 소설에는 시대의 아픔을 껴안는 그의 문학 정신이 녹아 있다.

이청준 《날개의 집》
초기작부터 최근작에 이르기까지, 이청준 문학의 큰 흐름을 형성하는 소설 중에서 가장 중요한 작품들을 엄선했다.

이승우 《에리직톤의 초상》
'스물두 살의 천재'라는 찬사를 들으며 화려하게 등단한 이래 관념을 소설화하는 독특한 작품세계를 펼쳐 온 이승우의 대표작!

박영한 《왕룽일가》
서울 근교의 우묵배미라는 농촌을 삶의 무대로 살아가는 사람들의 슬프지만 우스꽝스런 이야기들을 형상화한 박영한의 대표작!

윤흥길 《낫》
일본에서 먼저 출간되어 대단한 화제를 불러일으킨 이 작품은 윤흥길 소설만이 갖고 있는 특별한 매력을 물씬 풍기고 있다.

전상국 《유정의 사랑》
전형적인 사랑 이야기와 김유정의 평전이 자연스레 녹아 한 편의 퓨전 소설 형식을 취하며 문학의 새 지평을 연 놀라운 작품이다

윤후명 《무지개를 오르는 발걸음》

윤후명이 아니면 도저히 쓸 수 없는 특유의 문체와 독특한 작품 분위기, 그리고 각별한 재미!

이순원 《램프 속의 여자》

전방위 작가 이순원이 외롭고 슬픈 한 여자를 통해 우리가 살아온 각 시대의 성의 사회사를 살펴본 탁월한 소설이다.

고은주 《아름다운 여름》

아나운서인 여자와 우울증 환자인 남자의 이야기를 통해 '진짜' 당신을 만날 수 있게 해주는 '오늘의 작가 상' 수상작.

이호철 《판문점》

분단 문학을 새로운 차원으로 끌어올린 이호철의 대표작 중 미국과 프랑스에서 출간되어 호평 받은 작품만을 엄선했다.

서영은 《시간의 얼굴》

'너를 진정으로 사랑하여 나를 부수고 다른 나로 태어나려는' 주인공의 열망을 심정적으로 온전히 치른 역작.

김원우 《짐승의 시간》

유니크한 작품세계를 구축하고 있는 김원우 문학의 원형을 보여주는, 젊은 시절의 열정을 고스란히 바친 첫 번째 장편소설.

한승원 《아버지와 아들》

토속적인 세계와 역사의식을 통해 민족적인 비극과 한을 소설화하면서 독보적인 세계를 구축한 한승원의 '기리야마 환태평양 도서상' 수상작.

송영 《금지된 시간》
미국 펜클럽 기관지에 소설이 소개되어 새롭게 주목받은 송영이 심혈을 기울여서 쓴 한 몽상가의 이야기.

조성기 《우리 시대의 사랑》
성과 사랑의 경계에 대한 질문을 던지며 많은 화제를 모았던 이 작품은 조성기를 인기 소설가로 만들어준 출세작이다.

구효서 《낯선 여름》
다양한 주제를 섭렵하면서 독특한 자기 세계를 구축하고 있는 우리 시대의 중요한 소설가 구효서의 야심작.

한수산 《푸른 수첩》
짙은 감성과 화려한 문체로 한 시대를 풍미했던 한수산이 전성기 때의 문학적 열정으로 그려낸 빛나는 언어의 축제.

문순태 《징소리》
향토색 짙은 작품으로 우리 소설의 한 축을 굳게 지키고 있는 문순태는 이 작품에서 한에 대한 미학의 극치를 보여준다.

김주영 《즐거운 우리집》
한국 문단의 탁월한 이야기꾼 김주영의 주옥같은 작품들을 한자리에 묶은 대표작 모음집.

조정래 《유형의 땅》
'네티즌이 선정한 2005 대한민국 대표작가' 조정래의 문학적 뿌리는 이 책에 수록된 빛나는 단편소설이다.

이문열 〈아우와의 만남〉

이문열의 소설을 다 읽었다 해도 이 책에 수록된 작품들을 읽지 않고는 결코 이문열 문학을 논할 수 없다!

박범신 〈겨울강 하늬바람〉

영원한 청년 작가 박범신이 혼신의 힘을 다해서 쓴 이 소설에는 시대의 아픔을 껴안는 그의 문학 정신이 녹아 있다.

이청준 〈날개의 집〉

초기작부터 최근작에 이르기까지, 이청준 문학의 큰 흐름을 형성하는 소설 중에서 가장 중요한 작품들을 엄선했다.

이승우 〈에리직톤의 초상〉

'스물두 살의 천재'라는 찬사를 들으며 화려하게 등단한 이래 관념을 소설화하는 독특한 작품세계를 펼쳐 온 이승우의 대표작!

박영한 〈왕룽일가〉

서울 근교의 우묵배미라는 농촌을 삶의 무대로 살아가는 사람들의 슬프지만 우스꽝스런 이야기들을 형상화한 박영한의 대표작!

윤흥길 〈낫〉

일본에서 먼저 출간되어 대단한 화제를 불러일으킨 이 작품은 윤흥길 소설만이 갖고 있는 특별한 매력을 물씬 풍기고 있다.

전상국 〈유정의 사랑〉

전형적인 사랑 이야기와 김유정의 평전이 자연스레 녹아 한 편의 퓨전 소설 형식을 취하며 문학의 새 지평을 연 놀라운 작품이다

윤후명 《무지개를 오르는 발걸음》
윤후명이 아니면 도저히 쓸 수 없는 특유의 문체
와 독특한 작품 분위기, 그리고 각별한 재미!

이순원 《램프 속의 여자》
전방위 작가 이순원이 외롭고 슬픈 한 여자를 통
해 우리가 살아온 각 시대의 성의 사회사를 살펴
본 탁월한 소설이다.

고은주 《아름다운 여름》
아나운서인 여자와 우울증 환자인 남자의 이야기
를 통해 '진짜' 당신을 만날 수 있게 해주는 '오늘의
작가 상' 수상작.

이호철 《판문점》
분단 문학을 새로운 차원으로 끌어올린 이호철의
대 표작 중 미국과 프랑스에서 출간되어 호평 받
은 작 품만을 엄선했다.

서영은 《시간의 얼굴》
'너를 진정으로 사랑하여 나를 부수고 다른 나로
태 어나려는' 주인공의 열망을 심정적으로 온전
히 치른 역작.

김원우 《짐승의 시간》
유니크한 작품세계를 구축하고 있는 김원우 문학
의 원형을 보여주는, 젊은 시절의 열정을 고스란
히 바 친 첫 번째 장편소설.

한승원 《아버지와 아들》
토속적인 세계와 역사의식을 통해 민족적인 비극
과 한을 소설화하면서 독보적인 세계를 구축한
한승원 의 '기라야마 환태평양 도서상' 수상작.

송영 〈금지된 시간〉

미국 펜클럽 기관지에 소설이 소개되어 새롭게 주목받은 송영이 심혈을 기울여서 쓴 한 몽상가의 이야기.

조성기 〈우리 시대의 사랑〉

성과 사랑의 경계에 대한 질문을 던지며 많은 화제를 모았던 이 작품은 조성기를 인기 소설가로 만들어준 출세작이다.

구효서 〈낯선 여름〉

다양한 주제를 섭렵하면서 독특한 자기 세계를 구축하고 있는 우리 시대의 중요한 소설가 구효서의 야심작.

한수산 〈푸른 수첩〉

짙은 감성과 화려한 문체로 한 시대를 풍미했던 한수산이 전성기 때의 문학적 열정으로 그려낸 빛나는 언어의 축제.

문순태 〈징소리〉

향토색 짙은 작품으로 우리 소설의 한 축을 굳게 지키고 있는 문순태는 이 작품에서 한에 대한 미학의 극치를 보여준다.

김주영 〈즐거운 우리집〉

한국 문단의 탁월한 이야기꾼 김주영의 주옥같은 작품들을 한자리에 묶은 대표작 모음집.

조정래 〈유형의 땅〉

'네티즌이 선정한 2005 대한민국 대표작가' 조정래의 문학적 뿌리는 이 책에 수록된 빛나는 단편소설이다.